DI QUE ES PARA SIEMPRE

Multimillonarios Británicos

Libro 3

J. S. SCOTT

Di que Es para Siempre
Multimillonarios Británicos - Libro 3

Título original: Tell Me This is Forever

Traducción: Marta Molina Rodríguez

ISBN: 979-8846121-46-1 (Print)
ISBN: 978-1-951102-89-0 (E-Book)

ÍNDICE

Prólogo: *Macy*..1
Capítulo 1: *Leo*..4
Capítulo 2: *Macy*..15
Capítulo 3: *Leo*..25
Capítulo 4: *Macy*..32
Capítulo 5: *Leo*..40
Capítulo 6: *Macy*..49
Capítulo 7: *Leo*..59
Capítulo 8: *Macy*..67
Capítulo 9: *Leo*..76
Capítulo 10: *Macy*..85
Capítulo 11: *Leo*..94
Capítulo 12: *Macy*..102
Capítulo 13: *Leo*..110
Capítulo 14: *Macy*..118
Capítulo 15: *Leo*..126
Capítulo 16: *Macy*..134
Capítulo 17: *Leo*..143
Capítulo 18: *Macy*..150
Capítulo 19: *Leo*..156

Capítulo 20: *Macy* 163
Capítulo 21: *Macy*. 171
Capítulo 22: *Leo* 178
Capítulo 23: *Macy* 184
Capítulo 24: *Leo* 191
Capítulo 25: *Macy* 197
Capítulo 26: *Macy* 206
Capítulo 27: *Macy*. 213
Capítulo 28: *Leo* 218
Capítulo 29: *Macy* 224
Epílogo: *Macy* 231

PRÓLOGO

Macy

Hace cinco años...

—NO ESTOY SEGURA de cómo seguir adelante —susurré con un río de lágrimas surcándome el rostro mientras empuñaba la hierba del césped sobre el que yacía, arrancando briznas de la tierra sin siquiera darme cuenta—. No sé si puedo hacerlo. Por favor, decidme cómo se supone que debo seguir viviendo sin vosotros.

Miré fijamente la enorme corona de rosas azules, pero no oí nada más que silencio. Mi dolor era tan agudo e incapacitante que no me importaba que estuviera oscuro y yo fuera la única persona restante en el cementerio. No podía marcharme. El entierro acababa de tener lugar hoy. Mi otra mano descansaba sobre una lápida de frío mármol, pero mi corazón estaba enterrado a dos metros bajo tierra.

«¿Cómo?», pensé.

¿Cómo podía seguir moviéndose el resto del mundo como si todo fuera normal, cuando no lo era y nunca volvería a serlo?

Aún no tenía veintiocho años y todo mi mundo ya había estallado en mil pedazos. No me quedaba nada. No tenía a nadie que entendiera realmente este duelo horrendo que me había dejado tan paralizada que era incapaz de levantarme de la hierba.

Ya no tenía hogar. Ningún sitio a donde ir que me resultara acogedor. Otra ronda de sollozos sacudió mi cuerpo arrodillado sobre la hierba, frente a la lápida de mármol. No podía sobrevivir así. Ni siquiera podía ponerme en pie y salir de aquel lugar. ¿Era posible que una persona sintiera tanto dolor y sobreviviera?

Empecé a hiperventilar cuando noté que perdía el contacto con la realidad. En serio, ¿qué propósito o valor le quedaba a mi vida después de lo que había ocurrido? Mientras me hacía aquella pregunta, vi un destello de un posible propósito en mi mente y me aferré a él con todas mis fuerzas.

¡Espera! Tenía un sitio a donde debía ir, ¿verdad?

«Karma. Debo ir a verla. Se supone que esta noche hacía voluntariado en el santuario».

El director lo entendería si yo no me presentaba, teniendo en cuenta lo que había pasado, pero yo no podía abandonar a Karma. Nunca había faltado a un día de voluntariado porque ella confiaba en que yo estaría allí.

«Levanta, Macy. Ve a ver a Karma. Aún significas algo para ella».

Empecé a tomar bocanadas de aire largas y profundas, intentando hacer que mi cerebro volviera a funcionar.

«Levanta».

Quería ponerme en pie, pero no parecía capaz de empezar.

«Levanta el trasero. Ahora».

Me obligué a ponerme en pie y tropecé ligeramente, las rodillas débiles por permanecer en la misma postura durante horas.

De alguna manera, conseguí salir del cementerio y conducir hasta el santuario de grandes felinos, haciéndolo todo en piloto automático hasta que llegué al recinto de Karma. Una vez allí, me dejé caer al suelo, arrojé mis brazos en torno a la tigresa de Bengala coja de ciento sesenta kilos, enterré el rostro en su pelaje y lloré hasta que no pude derramar ni una sola lágrima más. Ella no podía hablarme ni darme consejo, pero me consolaba de todas las maneras en las que podía hacerlo una gran felina discapacitada.

En algún momento durante aquella visita, decidí que tenía que seguir adelante por Karma y porque era lo que se habría esperado de mí. Era veterinaria y ya había terminado mi primer año de residencia de medicina zoológica. Aún me quedaban cosas buenas por hacer en el mundo animal, aunque no pudiera hacer frente a la parte humana de mi existencia. Mi vida todavía tenía algo de sentido.

Aquella noche recobré la compostura y metí todo mi dolor en lo más hondo, donde ya no podía alcanzar mi corazón.

«Si no lo admito del todo, puedo sobrevivirlo de alguna manera».

Tal vez el no afrontar completamente lo que había perdido no era la mejor manera de lidiar con mi pena, pero era mi única opción si quería seguir adelante. Día a día, paso a paso. Era la única forma en que podía funcionar. Podía cerrarme emocionalmente con unas cuantas excepciones. No tenía elección. Si quería mantener la cordura, nunca, jamás podía permitirme volver a amar tanto.

CAPÍTULO 1

Leo

En el presente...

—¿ESTÁS BIEN? —LE pregunté a la doctora Macy Palmer una vez que alcanzamos la altitud de crucero en mi avión privado.

Una pregunta estúpida, en realidad, cuando a cualquiera que la mirase le quedaba claro que no estaba bien. Macy ya no estaba llorando, pero sus mejillas aún estaban manchadas de las lágrimas derramadas antes. Eso por no mencionar que apenas había dicho una palabra desde que embarcamos.

«¡Santo Dios! He pasado demasiado tiempo con animales salvajes en lugares aislados. Apenas sé qué decirle a una mujer, mucho menos a una mujer desolada que está llorando la muerte inminente de un tigre de Bengala viejo y enfermo de cáncer», pensé.

Seguía sin tener ni idea de por qué me había ofrecido a llevar a Macy de vuelta a Estados Unidos en mi avión para que quizás pudiera llegar antes de que muriera su tigresa. Bueno, tal vez no fuera su tigresa. Karma, la vieja y enferma tigresa de Bengala era en realidad paciente de Macy. Sin embargo, era evidente que estaba destrozada porque la tigresa hubiera empeorado mientras ella estaba de visita en el Reino Unido.

—Estoy bien —dijo ella mientras volvía la cabeza para mirarme—. Por si no te lo he dicho ya, quiero que sepas cuánto agradezco el viaje. Seguiría frenética en Heathrow ahora misma buscando un vuelo a casa de no ser por ti.

Una mirada melancólica de los serios ojos grises de Macy me recordó exactamente por qué me había ofrecido a llevarla conmigo a Estados Unidos en lugar de hacerle esperar un vuelo comercial.

Evidentemente, era una mujer con un gran dolor emocional y yo no era la clase de hombre que podía contenerse de responder a esa emoción humana básica. Además, entendía cuánto podía doler perder a un amigo animal porque yo mismo era conservacionista de vida silvestre y zoólogo.

Macy era veterinaria de animales exóticos, así que yo entendía perfectamente por qué estaba desconsolada de que Karma estuviera muriendo. Por lo visto llevaba años tratando a la tigresa de Bengala y tenía una historia con la felina.

Apoyé los pies en la butaca junto a la suya mientras decía:

—No ha sido nada, Macy. Como dije, yo iba a Estados Unidos justo después de la boda…

—Pero nos marchamos antes de que la recepción terminara del todo —respondió ella en tono contrito.

Yo me encogí de hombros.

—Dudo que nadie se percatara. La gente empezaba a marcharse y Nicole y Damian estaban preparándose para irse.

Mi hermano mayor, Damian, se había casado con la mejor amiga de Macy, Nicole, aquel día temprano en la finca de campo de mi madre en Surrey. Razón por la cual Macy estaba en Inglaterra en primer lugar.

Todo indicaba que pronto se celebraría otra boda entre la otra mejor amiga de Macy, Kylie, y mi otro hermano mayor, Dylan, que resultaba ser el gemelo pequeño de Damian. No es que Dylan y Kylie fueran algo seguro. Simplemente, costaba no suponer que terminarían juntos, puesto que Damian miraba a Kylie del mismo modo que Damian había estado contemplando a su novia durante todo el día. Dylan también había ido detrás de Kylie como un hombre con un único propósito cuando tuvieron un malentendido hacia el final de la recepción. Mi sospecha era que esos dos terminarían prometidos en el futuro muy próximo, si es que no había ocurrido ya.

Intenté no pensar en qué pasaría una vez que mis dos hermanos mayores estuvieran casados, ya que mi madre podía ser implacable en su búsqueda de nietos. Aunque yo no tenía nada en contra del matrimonio en general, especialmente no para mis hermanos, yo no era precisamente entusiasta acerca de dar el sí. Mi vida era complicada porque siempre había pasado mucho tiempo viajando y no era la clase de chico que la mayoría de las mujeres soñaba tener de novio. Bueno, excepto quizás por el hecho de que era un multimillonario de una familia aristocrática. Aparte de eso, no era precisamente material de marido porque básicamente ya estaba casado con mi carrera.

Macy rompió el contacto visual conmigo y levantó el reposapiés de su butaca.

—Aun así me siento un poco culpable, a pesar de que Nicole y Damian estuvieran preparándose para marcharse del banquete. Llegué a Inglaterra mucho más tarde que Kylie, y no quiero que Nic sienta que su boda no era importante para mí.

—Ella nunca pensaría eso —le dije a Macy sinceramente—. No es como si no entendiera vidas y carreras ajetreadas.

Como la mujer de Damian era abogada corporativa y propietaria de una empresa, yo estaba bastante seguro de que ella sabía lo que era tener compromisos profesionales muy importantes. Si no, Damian desde luego los tenía. Junto con Dylan, era dueño y director de Lancaster International, una de las mayores corporaciones del mundo.

Yo no sabía mucho de Nicole, Kylie y Macy, pero estaba al tanto de que la tres estadounidenses eran mejores amigas desde la infancia. La relación de Damian con Nicole se había desarrollado rápidamente, y la de Dylan con Kylie se había producido aún más rápido. Así que yo no había tenido mucho tiempo para conocerlas bien a ninguna de ellas. Había pasado la mayor parte del tiempo con Nicole, que era una mujer muy fácil de querer. No era sorprendente que Damian hubiera dado el sí tan rápido. Nicole sacaba lo mejor de mi hermano mayor.

En cuanto a Kylie, no la conocía bien, pero le estaba más agradecido de lo que podía expresar. Ella había sido la responsable de tomar a un Dylan roto y volver a construirlo. Kylie negaría haber tenido nada que ver con la recuperación de Dylan, aunque todos sabíamos la verdad. Tal vez la tenacidad de mi hermano le hubiera hecho superar el periodo más oscuro de su vida, pero la actitud sensata de Kylie con Dylan había ayudado sin duda.

¿Y Macy Palmer? Macy era básicamente un misterio para mí. Como ella ya había mencionado, había llegado más tarde que la mayoría del cortejo nupcial, justo a tiempo para la despedida de soltera de Nicole, así que no nos habíamos visto mucho después de nuestra presentación inicial. Sin embargo, he de reconocer que me había dado una gran impresión. Me gustó casi de inmediato y mi verga experimentó un flechazo muy grave que no quería atender a la razón, a pesar de que yo lo hubiera intentado. Sí. Bueno, había intentado moderar esa reacción, pero desgraciadamente mi miembro no prestaba atención.

Cierto, hacía tiempo desde que una mujer inspirase esa clase de reacción corporal, así que no resultaba realmente sorprendente que yo hubiera elegido reprimirla lo mejor posible. Primero, no parecía que la atracción fuera mutua. Segundo, era la mejor amiga de Nicole y me gustaba de verdad la nueva mujer de mi hermano. Tercero, estaba disgustada y ¿quién jugaría con una mujer vulnerable? Yo no era ningún inocente, pero tampoco era un gilipollas que intentase joder con todas las mujeres atractivas que conocía.

Como Macy y yo habíamos estado ambos en el cortejo nupcial, habíamos tenido varios encuentros durante los últimos días, pero el más significativo fue cuando la encontré sola llorando en la biblioteca de mi madre un poco antes aquella noche. Mi primer instinto había sido salir de la biblioteca y dejarle intimidad a Macy porque apenas nos conocíamos. Por desgracia, descubrí que no era propio de mí limitarme a ignorar a una mujer que lloraba sola como si todo su mundo estuviera desmoronándose.

Después de que me contara que Karma había empeorado repentinamente y que estaba desesperada por estar allí para que la tigresa no muriera sola, ¿cómo no iba a ofrecerme para llevarla de vuelta a Estados Unidos conmigo enseguida? Había planeado partir a la mañana siguiente de todas maneras, así que no era precisamente una gran molestia salir un poco antes. Tendría que ser un auténtico imbécil para no darle la opción de viajar conmigo puesto que iba en la misma dirección. Yo iba incluso al mismo estado y zona que ella.

—En serio —respondió Macy con franqueza—. Mi vida no es tan ajetreada ahora mismo. Solo es por toda la situación con Karma. Mi elección del momento siempre ha sido un asco.

Yo no tenía claro que estuviera siendo completamente sincera sobre sus horarios, pero quizá su idea de ajetreada y la mía eran totalmente diferentes.

Macy era una mujer guapa, pero las ojeras oscuras bajo sus ojos y lo que parecía estrés a largo plazo estaba, sin duda, pasándole factura a su delicado rostro ahora mismo. Si tuviera que adivinarlo, diría que Karma llevaba enferma bastante tiempo, o que había otras cosas en la vida de Macy que estaban afectándola.

—No ha sido tu elección del momento precisamente —puntualicé—. Tú no fijaste la fecha de la boda y Damian tenía mucha prisa por ponerle el anillo en el dedo a Nicole. Dudo que fuera fácil para nadie dejarlo todo y salir del país para estar en una boda con tan poca antelación. No fue fácil para mí y soy mi propio jefe.

Si cualquiera hubiera oído a Damian quejarse antes de las nupcias, habría pensado que llevaba años esperando para casarse con Nicole en lugar de unos meses.

El esbozo de una sonrisa apareció en los labios de Macy.

—Damian y Nicole estaban destinados a estar juntos. No los culpo a ninguno de ellos por no querer esperar.

—Dylan y Kylie también —añadí yo.

Su voz sonó sorprendida cuando preguntó:

—¿De verdad crees que terminarán juntos? Quiero decir, opino que tienes razón, pero no tengo ni idea de qué siente Dylan por Kylie. Bueno, aparte de que la mira como si estuviera loco por ella.

Sonó sinceramente contenta ante la idea de que Kylie encontrase al hombre adecuado para ella en Dylan.

—Pienso sin duda que terminarán juntos —respondí con confianza—. ¿No lo culpas por ser tan idiota antes de aclararse las ideas?

Dylan había sido un completo capullo cuando Kylie entró en su vida.

Ella sacudió la cabeza.

—No. Por lo que tengo entendido, creo que tenía una buena razón para desmoronarse. Si es bueno con mi amiga ahora, eso es lo único que importa realmente.

Estaba claro que Macy no había visto que Kylie se había marchado de la finca llorando con Dylan siguiéndole los pasos para poder dejar más claro que el agua lo que sentía exactamente por ella. Aunque yo no tenía intención de contarle a Macy nada que pudiera disgustarla más, no veía motivos para no contarle que Dylan y Kylie estaban locos el uno por el otro. Era la verdad.

—Está enamorado de ella.

Macy suspiró mientras apoyaba la cabeza en el asiento de cuero.

—Creo que tienes razón. Kylie se merece tanto su propio final feliz.

Macy sonaba totalmente agotada y parecía tan increíblemente vacía que deseé que hubiera algo más que pudiera hacer para ayudarla.

—¿Qué hay de ti? —pregunté—. No pareces especialmente feliz ahora mismo. ¿Tú no mereces ser feliz?

Ella se estiró mientras se ponía cómoda en el sillón reclinable.

—Puede que algunos de nosotros no estemos destinados a comprometernos, casarnos y ser sumamente felices —dijo irónicamente.

Como yo sentía lo mismo, me sorprendió que sus palabras escocieran un poco. Me había sentido atraído por Macy Palmer desde el momento en que la vi. Y me sorprendió totalmente que no hubiera un hombre a su lado o esperándola de vuelta en Estados Unidos, así que por lo visto su soltería era a propósito.

No muy seguro de qué decir, al final respondí:

—Quizás puedas dormir un poco. Estamos en altitud de crucero y el vuelo parece tranquilo por ahora.

Ella se veía completamente agotada, así que todo lo que pudiera dormir probablemente la ayudaría.

—Puede ser —dijo sin comprometerse—. No estoy tan cansada de momento.

Me obligué a no mirarla fijamente, pero no conseguí dejar de pensar en su soltería. Seguro que muchos hombres habían intentado cambiar eso. Yo dudaba que hubiera muchos hombres con sangre en las venas que no se percataran de Macy.

Tenía curvas en todos los lugares adecuados, un bonito cabello color avellana que caía en una nube sedosa hasta terminar en un estilo bob poco antes de sus hombros, piel cremosa que lo hacía a uno querer extender el brazo y tocarla, y unos labios turgentes que harían a un hombre fantasear con ellos de diversas maneras. Y esos malditos ojos... Esa mirada de ojos grises maravillosamente expresiva que parecía irradiar emoción era probablemente el rasgo que en realidad me tenía agarrado por los huevos.

Tuve que preguntarme si sabía que sus ojos eran cautivadores y lo hacían a uno preguntarse en qué estaría pensando exactamente. O bien leía las emociones que expresaban con claridad cristalina, o no me daban absolutamente ninguna pista de qué pensamientos tenía en la cabeza. De cualquier manera, eran fascinantes, tanto si era un libro abierto en ese momento como si era un misterio que yo quería resolver.

Cuando Macy hacía una pregunta durante una conversación, no la hacía por una especie de sentido de la cortesía. Realmente quería saber la respuesta y veías la anticipación y la curiosidad en su mirada. Como cuando le había hablado de parte de mi trabajo de campo para encontrar especies que ya había sido declaradas extintas. Cierto, ella era veterinaria de animales exóticos, así que podría ser natural que sintiera el mismo entusiasmo, pero yo no había conocido a una mujer como Macy desde hacía mucho tiempo.

Nunca me habían presentado a una mujer con la que pudiera hablar que estuviera remotamente interesada en especies amenazadas o en conservación, a menos que trabajara en mi equipo de campo. Razón por la que probablemente nunca me molestaba en hablar mucho de mi trabajo cuando me movía en el mundo ultrarrico en el que había crecido. También era la razón por la que ahora rara vez perdía mi tiempo en citas. La mayoría de la gente no entendía por qué un multimillonario elegiría pasar su tiempo de caminata por una selva infestada de bichos en busca de una criatura que se creía extinguida. Por desgracia para ellos, tampoco conocerían nunca la satisfacción de formar parte de un equipo que ayudaba a salvar especies de la extinción.

Mi familia entendía por qué había elegido salir de la dirección diaria de Lancaster International y de la vida en la que había crecido para perseguir mis propios intereses. La mayoría de los demás en ese mismo círculo nunca lo haría. Como yo había nacido y me habría criado Lancaster, encajaba en ambos mundos, pero fue mi elección hacer todo lo que pudiera por la conservación de la fauna salvaje. Sobre todo aquellas especies que la estupidez del hombre había puesto en las listas de animales extintos y en peligro crítico.

—¿Te apetece un trago? ¿Comida? —pregunté, deseoso de encontrar alguna manera de aliviar la apariencia de estrés y fatiga del rostro de Macy.

Cuando esta no respondió, giré la cabeza solo para percatarme de que estaba dormida.

«Y una mierda, no tan cansada».

Algo me decía que luchaba contra el agotamiento mucho más a menudo de lo que quería reconocer. Tenía los ojos cerrados, la cabeza inclinada hacia un lado en lo que parecía una postura bastante incómoda.

«¡Madre mía! Se despertará con dolor de cuello de dormir así».

Desabroché mi cinturón de seguridad y luego el suyo antes cargarla en brazos con delicadeza, esperando no despertarla. Quise maldecirme porque se me puso la cola tan dura como una roca en el momento en que la tuve apoyada contra mí.

«¡Dios!», pensé. Hacía demasiado tiempo que no echaba un polvo. Apenas conocía a la mujer atractiva que sostenía en mis brazos, pero su efecto en cada uno de mis sentidos era intenso. Se sentía increíble. Olía increíble. No cabía duda de que sabría fantástica.

—¡Joder! —volví a maldecir por lo bajo, completamente asqueado de mí mismo. Yo no era un capullo al que se le ponía dura cada vez que veía o tocaba a una mujer.

Anduve de vuelta hacia el dormitorio, golpeé el interruptor de la luz bajo la cabecera y dejé a Macy sobre la cama. Después de embarcar en el avión se había puesto un par de jeans y una camiseta rosa claro con el logotipo del santuario de grandes felinos donde trabajaba. Parecía cómoda, pero en cierto modo aún se veía tremendamente vulnerable. Tenía el ceño fruncido y no parecía disfrutar de un sueño tranquilo.

—Dios —dije en bajo, preguntándome qué tenía aquella mujer que estaba cautivándome. Molesto, terminé apartando la mirada de su forma indefensa y tomé una manta para taparla. Tenía muchas otras cosas en qué pensar ahora mismo. Como un posible nuevo descubrimiento en el Mediterráneo si los rumores resultaban ser ciertos. Eso por no mentar mi nuevo centro de conservación que estaba construyendo cerca del desierto de la Palma en California.

El nuevo centro era la razón por la que iba a Estados Unidos. Era una empresa enorme y hasta ahora ni siquiera habíamos pasado de la fase de establecimiento. Además tenía las infinitas responsabilidades de mi centro de conservación más grande que ya dirigía en Inglaterra. Todos los días teníamos nuevos retos allí con los programas de cría en cautividad. También tendríamos esos mismos desafíos en California.

No necesitaba para nada estar tan concentrado en una mujer que estaba triste por haber perdido a una amiga felina. Superaría su pérdida, ¿verdad? Este sector estaba repleto de victorias y pérdidas, con más de lo segundo la mayor parte del tiempo.

—Entonces, de acuerdo —dije por lo bajo. Lo único que tenía que hacer era concentrarme en la multitud de responsabilidades que esperaban mi atención. Me harían olvidarlo todo sobre la abatida pero preciosa veterinaria de animales exóticos en un santiamén.

Apagué la luz antes de desplazarme hacia la puerta. Dormiría todo el vuelo. Yo podía tumbarme en el sofá. Como a veces dormía en sitios muy duros, dormir en el sofá no era una imposición para mí.

A pesar de mi resolución de concentrarme únicamente en mi trabajo, un murmullo de angustia de Macy me hizo detenerme de repente cuando alcancé la puerta.

«¡Joder!».

¿Y si se levantaba asustada? ¿Y si no sabía dónde estaba porque yo la había llevado allí atrás? ¿Y si necesitaba… a alguien?

Anduve hasta el otro lado de la cama, resignado, y me estiré junto a ella. Como era el único alguien disponible en ese momento, supuse que tenía que permanecer cerca de ella. Renuncié a mi pretensión de pensar en el trabajo cuando Macy giró acercándose más a mí y se acurrucó contra mi costado como si fuera un misil guiado por infrarrojos buscando su cálido objetivo.

La rodeé con un brazo y me quedé satisfecho al oírla suspirar y después calmarse como si finalmente estuviera a salvo de las cargas que estuvieran acosándola.

Asegurarme de que Macy Palmer se sentía a salvo en su sueño parecía ser de pronto mi prioridad. Al menos por ahora, tanto si yo quería hacerlo… como si no.

CAPÍTULO 2

Macy

ME DESPERTÉ LENTAMENTE, los sentidos sobrecargados de sensaciones poco habituales. Estaba acurrucada contra algo cálido, duro y completamente irresistible. Se me escapó un gemido de los labios al recorrer hacia abajo con la mano lo que parecía un torso muy musculoso que conducía a unos abdominales igualmente cincelados. Molesta de tener que tocarlo a través del tejido de algodón, busqué y encontré el bajo de la camisa para poder deslizar la mano bajo él. Como aquella era mi maldita fantasía, quería un poco de piel desnuda. Encantada, recorrí cada uno de los abdominales de tableta de chocolate que manoseaba suspirando cuando llegué al último y mi mano se deslizó más abajo...

—Corazón —me advirtió una voz grave de barítono—. Si llegas a esa tierra prometida, puedo asegurarte que recibirás más de lo previsto.

Mi mano se quedó inmóvil.

«¡Mierda!». Conocía aquella voz del sensual acento británico.

—De acuerdo, supongo que esto no es solo una fantasía ardiente —musité al apartarme del cuerpo como un tren de Leo Lancaster—. ¿Qué ha pasado? ¿Dónde estoy?

Si mal no recordaba, la última vez que había hablado con él estaba reclinada en uno de los sillones de la cabina de su avión privado.

—Te quedaste dormida —me explicó mientras apretaba el brazo en torno a mi cintura como si no quisiera que me alejara demasiado—. No quería que estuvieras incómoda, así que te traje aquí atrás a dormir en la cama. Ambos estamos completamente vestidos. No pasó nada. Solo estamos compartiendo la cama para dormir. Bueno, hasta que tú empezaste esa interesante exploración tuya. No es que me importara. Solo que no estaba seguro de que las cosas fueran a mantenerse completamente inocentes si tu mano seguía vagando al sur de esa manera.

—Ay, Dios —gemí contra su hombro—. Lo siento. Creo que me desperté… confusa.

Con toda franqueza, en realidad me había despertado en una neblina sensual y sabía exactamente lo que quería. Simplemente, no me había percatado de que iba tras el multimillonario más inalcanzable del planeta. Leo Lancaster no solo era uno de los chicos más ricos de la Tierra, sino también uno de los que estaban más buenos. Era un rubio de ojos azules con pómulos perfectos y un cuerpo totalmente digno de babear que medía un poco más de un metro ochenta.

—No pidas disculpas —dijo, mientras el humor aún vibraba en su voz—. Mentiría si dijera que no me ha gustado despertarme con tus manos por todo mi cuerpo. No quería que me odiaras después cuando te dieras cuenta exactamente de a quién estabas sobando.

Como si yo fuera a molestarme realmente de encontrarme toqueteando a Leo Lancaster.

¡Joder! Él era la fantasía. Para mí, el tipo era una leyenda. Había visto todos los documentales que se habían filmado sobre sus expediciones y todas las conferencias grabadas en vídeo que había dado. El hombre había hecho cosas increíbles en aras de la conservación de la fauna salvaje y del rescate de especies en peligro crítico de extinción. Leo era joven, pero ya había sido responsable de reencontrar a varias especies que habían sido declaradas extintas.

—¿Cuánto tiempo he dormido? —pregunté con curiosidad.

—Los dos llevamos un rato dormidos. Solo nos quedan unas pocas horas de vuelo —me informó.

¡Vaya! Había pasado muchas horas totalmente dormida al lado de Leo Lancaster.

Me estremecí al recordar exactamente por qué estaba volando a casa con Leo.

—Dios, espero llegar a tiempo —dije en voz alta.

—He estado pensando en ello. Voy a aterrizar en Palm Springs. Tengo casa y auto allí. Creo que tomar mi auto y conducir al santuario sería la manera más rápida de llevarte allí después de que aterricemos —caviló.

—Probablemente tienes razón —convine con un suspiro—. Pero no puedo importunarte de esa manera, Leo. Ya estás siendo lo bastante amable para ayudarme trayéndome al aeropuerto de Palm Springs. Miraré si puedo alquilar un auto.

—Ni en broma —refunfuñó Leo—. Podríamos llegar al santuario en el tiempo que costaría alquilar un auto. Deja que te lleve allí, Macy. No es ninguna molestia, de verdad.

Permanecí en silencio un momento, pero finalmente dije:

—Vale. Tú ganas. Quiero llegar allí lo más rápido posible. Me quedaré destrozada si no llego a tiempo.

En cualquier otro momento, bajo cualquier otra circunstancia, yo me habría puesto firme sobre importunarlo, pero estaba tan desesperada por llegar a Karma que no lo hice.

—Lamento lo de Karma —me dijo Leo al oído, la calidez de su aliento soplando sobre el lóbulo sensible.

¡Mierda! ¿Por qué tenía que ser tan increíblemente atractivo y la personificación de todas y cada una de mis fantasías? Probablemente yo no había sido la única estudiante de veterinaria que deseaba a Leo Lancaster, pero seguramente había sido la que más había jadeado.

No solo porque fuera atractivo, aunque era ridículamente guapo. Leo era atrevido, de armas tomar y rallaba en la arrogancia cuando estaba trabajando, aunque no en el mal sentido. Solo perseguía lo que buscaba con una concentración y autoconfianza agudísimas que casi daban miedo.

Era esa misma fijación en su objetivo lo que lo hacía tan increíblemente exitoso en lo que hacía.

La mayoría de los biólogos de vida salvaje probablemente renunciaría una vez que una especie se declaraba extinguida.

Leo Lancaster... no lo hacía. No cuando pensaba que había una posibilidad de que la UICN podía estar equivocada. Era incansable y apasionado en su lucha por los animales en peligro crítico de extinción.

Llamadme loca; puede que simplemente se debiera a que yo era veterinaria de animales exóticos con la misma pasión, pero para mí había algo increíblemente *sexy* en un chico que arriesgaba su trasero para salvar a una especie animal.

Finalmente le respondí:

—Gracias. Yo, de todas las personas, sé lo estúpido que es permitirme apegarme tanto, pero no pude evitarlo. He cuidado de Karma desde mis prácticas de un año en el santuario y luego, después de eso, me presenté voluntaria en el santuario cuando estaba haciendo la residencia en el zoo de San Diego. Estaba hecha un desastre la primera vez que entró. Su pata trasera estaba destrozada., No había nada que pudiéramos hacer. Su pata delantera se curó, pero ella nunca volvió a ser la misma. Estaba débil. Puede andar, pero nunca recuperó su velocidad.

—¿Un accidente? —preguntó Leo.

Yo sacudí la cabeza, aunque estaba oscuro y él no me veía.

—Habría tenido más sentido que lo fuera, pero fue maltrato. Karma fue criada en cautividad. Estuvo con una entrenadora que la adoraba en su infancia. Por desgracia, esa entrenadora devota que la amaba murió antes de que Karma llegase a nosotros. Entretanto, cayó en manos de unos monstruos humanos antes de ser rescatada. —Me caían lágrimas por las mejillas cuando terminé—. Estaba muy confundida parra cuando llegó al santuario. Le habían enseñado que estaba bien confiar en los humanos. Su entrenadora humana la había criado desde que era una cría, por Dios. Pero toda esa confianza adquirida con el paso de los años fue puesta a prueba en cuestión de unos pocos meses. ¡Cabrones! —dije con vehemencia.

El abrazo de Leo se estrechó en torno a mi cintura.

—Estoy seguro de que tú la ayudaste a recuperar esa confianza.

Lo había hecho, pero mi éxito fue conseguido con esfuerzo.

—Me tomó seis meses acercarme a ella, y otros cuatro antes de que se tumbara a mi lado en su recinto.

—¿Te acercaste tanto? —preguntó Leo, su tono ligeramente alarmado.

Yo le di un codazo.

—Perdóneme, señor agarraré-a-cualquier-animal-salvaje -aunque-me-arranque-la-mano-de-un-mordisco —dije secamente—. Como si tu no fueras a acercarte tanto si fuera necesario y, sí, probablemente no debería haberlo hecho, aunque Karma fuera criada en cautividad, pero estaba acostumbrada a estar cerca de los humanos. Creo que el aislamiento estaba haciéndole daño debido a la forma en que fue criada. Estaba aterrada cuando llegó al santuario y no progresaba a pesar de que sus heridas estaban sanando. Estaba preocupada por ella.

—¿Así que decidiste hacer que confiara en ti? —inquirió Leo en tono impresionado—. ¿Cómo lo hiciste?

—Pura obstinación —reconocí—. Pasaba largos periodos de tiempo solo sentada en la hierba hablándole tranquilamente y acercándome a medida que ella se sentía más cómoda. Algunos días eran buenos; otros, aún parecía recelosa. Karma tenía que ser la que finalmente iniciara el contacto de nuevo. Un día, por fin me acarició con la cabeza y dejó que la rascara. Hemos tenido un vínculo especial desde entonces. No soy tan estúpida como para no saber que los animales salvajes son impredecibles, pero mi apuesta con Karma en realidad era bastante segura. Nació en cautividad y no puede moverse muy rápido. Yo podía ir más rápido que ella si tenía que correr. Es el único gran felino al que me he acercado tanto a menos que estuvieran inconscientes.

—Entonces, una vez que terminaste la residencia en el zoo, ¿decidiste trabajar para el santuario? —preguntó Leo—. ¿Tuvo algo que ver con Karma esa decisión?

Yo suspiré. Nuestra conversación parecía muy íntima en la oscuridad de la habitación con nosotros tan cerca y en la misma cama. Aunque el tema era extremadamente anodino.

—De hecho, sí. Tuvo mucho que ver con mi decisión cuando me titulé hace tres años. Una vez que aprobé el certificado para ser veterinaria zoológica, recibí bastantes ofertas, pero elegí quedarme con Karma y trabajar en el santuario. No solo había hecho mis prácticas allí, sino que había sido voluntaria después de eso, así que conocía bien las instalaciones y no quería ir a otro sitio y no volver a verla nunca. No podía.

Como la educación adicional y la residencia para ser veterinaria de animales exóticos era tan intensiva, los veterinarios zoológicos estaban muy demandados, pero dejar a Karma nunca había sido una opción para mí.

—Es obvio que te gusta aquello —conjeturó Leo.

—Sí, pero básicamente me limito a grandes felinos. No es que me importe, porque esa es una de mis especialidades, pero el santuario es bastante pequeño. Nada como lo que hacía en el zoo —expliqué.

—Entonces, ¿tarde o temprano te gustaría seguir adelante? —inquirió.

Yo tragué saliva. No quería pensar en el día en que dejaría el santuario, porque eso significaría que Karma se habría ido.

—Ese es mi plan —respondí—. Me gustaría hacer algo un poco más desafiante. Trabajar en el zoo como residente fue intenso, pero me gustó el reto. Pero ya hemos hablado bastante de mí. Háblame de tu nuevo centro de conservación.

Había algunas cosas de las que yo simplemente no hablaba y estábamos empezando a adentrarnos en ese territorio.

—No hay mucho que contar —dijo en tono realista—. Es mucho más pequeño que mis instalaciones en Reino Unido, aunque por ahora está presentando los mismos desafíos. Encontrar terreno fue casi imposible, pero al final tuve la oportunidad de comprar una reserva natural al norte de Palm Springs. Mantendremos el área protegida y nos limitaremos a añadir los hábitats que necesitemos para la cría en cautividad. Estamos construyendo un hospital de urgencias y rehabilitación en este centro, también. Evidentemente, nuestro enfoque siempre será reintroducir las especies de nuevo en la naturaleza si queda hábitat para ellas. Trabajaré con algunos programas de supervivencia de especies que ya están establecidos aquí, en Estados Unidos.

—¿Cómo de cerca estás de traer animales a las instalaciones? —pregunté con curiosidad.

No había oído que incorporaría un hospital y rehabilitación a este centro, pero tenía sentido.

—Más cerca de lo que estaba hace unos meses —bromeó—. Debemos tener los hábitats a punto para los compromisos que ya hemos adquirido. Tengo listo un equipo y especialistas en hábitats que están trabajando en ello. Espero que podamos empezar las operaciones y levantar el centro de rehabilitación en los próximos meses.

—Es alucinante —dije en voz baja—. Haces un trabajo realmente increíble, Leo.

—No trabajo tan duro como parte de mi equipo. Tampoco trabajo tan duro como una veterinaria de animales exóticos —respondió él.

—¿Hablas en serio? —pregunté mientras empezaba a alejarme de él lentamente. Estar tan cerca de Leo Lancaster era demasiado. —He visto todos tus documentales y conferencias grabadas. Nunca he trepado a un árbol tan alto que la caída me mataría solo para buscar indicios de vida silvestre habitándolo. Tampoco he saltado a la rápida corriente de un río para atrapar a un animal en peligro crítico que podría morir si no lo hiciera. Tampoco he bajado a una cueva sin tener ni idea de si había una salida disponible. Estás absolutamente loco. Eres como el Indiana Jones de la vida silvestre rara. Incluso tienes un sombrero parecido. Los vídeos de tus conferencias no estaba lo bastante cerca para ver a los asistentes, pero no dudaría de que las mujeres tenían notas de amor en los párpados. Mi trabajo es completamente anodino al lado del tuyo.

Seguí intentando apartarme, pero evidentemente, Leo no pillaba la indirecta. Su brazo se mantuvo fuertemente cerrado en torno a mi cintura y, por alguna razón, yo no tenía deseos de seguir retrocediendo.

Su abrazo no era extraño. Era cálido y reconfortante, y parecía que él era prácticamente inconsciente de que tenía ese brazo musculoso firmemente abrazado a mi cuerpo.

Sabía que volvía a casa a sufrir, así que me hizo sentir bien estar cerca de alguien ahora mismo. Me permití relajarme por fin y apoyé la cabeza cómodamente sobre la almohada que por lo visto estábamos compartiendo, aunque yo sabía que probablemente era peligroso.

—¿De verdad has visto todos esos documentales? —preguntó Leo, sonando jocosamente horrorizado—. La mayoría de ellos fueron filmados mientras yo trabajaba en mi posgrado y mi sombrero no se parece en nada al sombrero de fieltro de Indiana Jones. Es práctico. Lo llevo para protegerme la cara del sol, para no quemarme.

—Está bien —consideré—. Puede que sea más como un sombrero de campo ligeramente más económico, pero se acerca bastante, Indie.

—No soy una especie de Indiana Jones de la vida silvestre —dijo en tono disgustado—. No estoy tan loco. A veces asumo unos cuantos riesgos calculados, pero nada tan peligroso. Sigo sorprendido de que hayas visto todos esos documentales.

—Eran interesantes —balbucí.

—Eran secos y sumamente aburridos —farfulló él—. Pero dejé que un equipo de filmación me siguiera en algunos de mis viajes con fines educativos. Si logro hacer que algunas personas se interesen en la conservación, merece la pena las molestias.

Distaban mucho de ser aburridos y Leo era increíblemente entretenido. Probablemente, no tenía ni idea de lo entusiasta que se ponía ante la cámara por su investigación.

—Todos estaban bien hechos.

—Me alegro de que lo pienses. Estoy dispuesto a apostarme a que hubo muy poca gente que los vio —dijo con recelo.

Podría sorprenderse de cuántos los habían visto. Leo era respetado en su campo, y solo los biólogos, zoólogos veterinarios y otros profesionales de la vida silvestre que habían seguido su carrera y logros probablemente eran numerosos. Como le gustaba compartir su conocimiento y sus aventuras, tenía millones de seguidores en las redes sociales. De acuerdo. Vale. Sin duda, algunos de esos seguidores era mujeres que babeaban por Leo, pero esa no era la única razón por la que la gente encontraba interesantes sus noticias.

—Has visto y hecho más cosas de las que yo puedo imaginar hacer en toda mi vida —dije pensativa.

—Dudo que sea verdad —respondió Leo en tono escéptico—. Y yo no puedo curar a animales como tú. Yo solo estudio la vida silvestre. No tengo tus habilidades increíbles para salvar a animales heridos o enfermos.

Yo solté un bufido.

—Creo que solo estás intentando hacer que me sienta mejor.

—En absoluto —dijo en tono ronco mientras su cabeza se acercaba a la mía—. ¿Y es tan malo que yo también admire lo que tú has conseguido? Hacerse veterinaria de animales exóticos requiere una dedicación intensa. Y, francamente, viajar en mi trabajo no es siempre emocionante. La mayor parte es tedioso e incómodo. No veo a mi familia tanto como me gustaría, y Dios sabe que no puedo mantener una relación de ningún tipo.

—Entonces… ¿resulta solitario a veces? —pregunté dubitativa.

—La mayor parte del tiempo —confesó él—. Así que no envíes demasiado lo que hago.

Costaba imaginarse a un chico como Leo sintiéndose aislado, pero la breve nota de vulnerabilidad en su voz hizo que se me cortara la respiración.

«¿Solitario?».

Dios, yo conocía la soledad y entendía esa emoción demasiado bien.

Alcé la mano a su rostro sin pensar mientras exhalaba:

—¿Leo? —Mi voz no era más que un susurro.

Las yemas de mis dedos entraron en contacto con su mandíbula de barba incipiente y me estremecí al pasar los dedos por su áspera mandíbula.

—Macy —dijo Leo con voz ronca justo antes de que su boca se acercara lo suficiente para besarme.

CAPÍTULO 3

Leo

«¡MADRE MÍA!».

Macy podía oler tan dulce como la madreselva y, probablemente, sabía a pecado sensual y orgasmos alucinantes. Pero si probaba una sola vez, sabía que no podría parar. Aquella mujer me atraía de una manera que ni siquiera entendía y yo no era quién para besarla. Apenas nos conocíamos y ella era la mejor amiga de la nueva mujer de mi hermano. Estuvo a punto de matarme, pero retrocedí y me resistí a la imperiosa necesidad de reivindicar esos bonitos labios suyos.

«¡Dios!», pensé. No quería aterrarla.

La necesidad demencial de acercarme a ella ya estaba me estaba alarmando muchísimo. No sentía la necesidad de joder con cada mujer atractiva con la que me encontraba. Sí, me gustaba el sexo tanto como a cualquiera, y tenía sexo. Ocasionalmente. Simplemente, nunca había sentido una química como esta. No solo había una chispa de interés con Macy. Era un infierno arrasador que apenas podía contener ahora mismo.

—No lo hago —musitó ella en voz baja.

—¿No haces qué? —pregunté con voz áspera.

—Envidiar totalmente lo que haces —dijo ella en respuesta a mi advertencia anterior—. Es decir, sí, me encanta viajar y ver animales en su hábitat natural, pero hay cierta satisfacción en pasar tiempo con los mismos animales. Ver su progreso. Seguirlo todo hasta el final hasta que se recuperan y sanan. No puedo salvarlos a todos, pero rehabilito a bastantes de ellos para darme cuenta de que marco una diferencia.

Marcaba una diferencia enorme; sin embargo, yo también me di cuenta de que su ocupación le pasaba factura. No siempre era posible para alguien con corazón mantener las distancias en su trabajo, y resultaba evidente que Macy ponía todo su corazón con sus pacientes.

—Conseguirás viajar algún día —le dije—. Eres increíblemente joven…

—Más mayor que tú. Estoy segura —dijo ella con ligereza.

—Imposible —repliqué yo—. ¿Cuántos años tienes?

—Treinta y tres hace solo unas semanas. ¿Tú?

—Treinta y dos hace seis meses. Así que ni siquiera eres un año más mayor que yo —la informé.

—Sin duda tú eres mucho más cosmopolita que yo —cotorreó ella.

—Si con eso quieres decir que he visto más del mundo, probablemente tienes razón, pero la mayor parte del tiempo que he pasado alrededor del mundo fue persiguiendo la investigación. No he ido a hacer turismo desde que era niño. ¿Qué países has tachado de tu lista de deseos hasta ahora? —pregunté con curiosidad.

—No muchos —confesó—. Canadá y México. Pero muchos estadounidenses han cruzado la frontera de esos países. Cuando era adolescente, fui al Reino Unido y a unos cuantos países en Europa, y por supuesto recientemente he vuelto a Inglaterra. Por desgracia, nunca he ido a ningún sitio con fauna salvaje interesante, a menos que quieras contar a los universitarios borrachos de vacaciones de primavera en México.

—Has pasado la mayor parte de tu vida adulta formándote para ser veterinaria de animales exóticos —le recordé—. Dale un poco de tiempo.

—Tarde o temprano iré a los lugares a los que quiero ir —dijo en tono más liviano—. ¿Cuánto tiempo vas a quedarte en Estados Unidos esta vez?

—Estaré aquí una temporada —expliqué—. Por eso he comprado una casa cerca del centro de conservación. Sé por experiencia que el primer año o así de establecimiento de los programas de cría es un reto. Estoy formando un gran equipo, pero me gustaría estar aquí para supervisar el proceso desde el principio.

—Tiene sentido —caviló ella—. Teniendo en cuenta que has pasado por todo este proceso de establecimiento antes. ¿No más viajes a la naturaleza?

—Podría surgir algo —compartí—. Todo lo que tengo son rumores y unos cuantos avistamientos ahora mismo, pero he oído que los relatos de testigos oculares probablemente son de confianza. Es posible que aún existan unos pocos linces lanianos.

Ella guardó silencio durante un momento antes de susurrar:

—Imposible. ¿Lo dices en serio? Los pusieron en la lista de especies extintas hace más de una década.

—El país estuvo envuelto en una guerra civil durante mucho tiempo —le dije—. Los rebeldes lanianos vivían y se escondían en el extremo más remoto de la isla-nación. Su ocupación de la zona echó a perder todo el ecosistema. Había demasiados rebeldes viviendo de los escasos recursos de allí. El lince laniano sufrió por eso. Los ejércitos rebeldes estuvieron a punto de aniquilar a los conejos en la zona, que son la principal fuente de alimento del lince. Una vez que los conejos prácticamente hubieron desaparecido, también cazaron linces para comer. Sería sorprendente que quede alguno, pero por lo visto el ecosistema empieza a recuperarse ahora que la zona no está ocupada.

—Sería un milagro —dijo Macy maravillada—. El lince ibérico estaba al borde de la extinción y sigue en peligro, pero los números están mejorando. Sería increíble encontrar otra especie de lince que creíamos completamente perdida.

—No te emociones demasiado. Solo son rumores y algunas pruebas no corroboradas —le dije—. La guerra civil terminó hace años y esa zona en el norte ahora es bastante remota, así que es posible que aún exista una población, pero no probable.

—Entonces, ¿la mayor parte de los humanos se han marchado?

—Sí —confirmé yo—. La mayoría de la población humana está en el sur, en la costa, cerca de la capital. El sur de Lania ahora es un destino turístico bastante popular para los amantes de la playa. El norte es un entorno más duro. El extremo norte es montañoso. Principalmente, hay pequeños pueblos de pescadores aquí y allá, y una granja ocasional hasta que llegas a las laderas.

—Estoy segura de que aquello es precioso —dijo Macy—. Está en pleno Mediterráneo. Entonces, ¿crees que irás a investigar si puedes conseguir más información?

—Ya estoy en ello. Incluso he hablado con el príncipe heredero Niklaos, el monarca reinante. Nick, Dylan y Damian eran colegas en la universidad. Yo no lo conocía tan bien como mis hermanos, pero parecía bastante majo. Nick está pidiendo que explore allí en busca del lince si conseguimos pruebas más concretas de que aún podrían existir. Va a enviar a varios de sus biólogos arriba, al norte, a hacer un poco de reconocimiento.

—¡Espera! —exclamó ella—. ¿Estás diciéndome que eres amigo de un príncipe heredero?

—No exactamente —expliqué—. Como he dicho, Nick era más amigo de mis hermanos. ¿Conoces la casa de playa que Dylan compró recientemente en Newport Beach?

—Sí —dijo ella con tono reverente—. Esa casa fantástica que está justo en playa.

—Esa es —convine—. Esa casa le perteneció a Nick una vez. La compró cuando volvió a sus obligaciones reales en Lania, pero no podía venir muy a menudo a Estados Unidos. Creo que probablemente se alegró de que Dylan decidiera comprársela.

—¿Volvió a sus obligaciones? —preguntó ella—. Reconozco que no sé mucho sobre Lania aparte del hecho de que es una isla-nación que estuvo envuelta en una revolución durante mucho tiempo. ¿No nació allí el príncipe Niklaos si hay un príncipe heredero?

—Es una larga historia —contesté yo—. Nació allí, pero de niño fue enviado a Inglaterra por su seguridad para proteger la dinastía real durante la guerra civil. Solo regresó a su propio país una vez que la revolución terminó y su padre se volvió demasiado loco para gobernar.

—Debió de ser extremadamente abrumador para él si solo tiene la edad de Dylan y Damian —sopesó ella—. Supongo que nadie sabe realmente qué significa *responsabilidad* hasta que tiene que dirigir todo un país que lleva décadas siendo un desastre asolado por la guerra. Entiendo por qué se arrasaron ecosistemas enteros allí.

—Ha hecho un buen trabajo restaurando Lania hasta ahora —reconocí—. No tienen los recursos ni la tecnología que tienen el Reino Unido y Estados Unidos, pero está trabajando en ello. Convertir el sur en una meca del turismo fue probablemente una gran idea. Traerá los fondos para hacer toda la reconstrucción que hay que hacer.

Ella suspiró.

—Me encantaría oír como sale y qué encuentran allí.

—Lo oirás —contesté yo—. No pienso perder el contacto. Me gustaría enseñarte el centro de conservación si tienes tiempo para venir de visita.

¿Pensaba que iba a limitarme a dejarla tirada de vuelta en casa y a no volver a hablar con ella nunca? Ni hablar. El desierto de la Palma no estaba tan lejos de Newport Beach. Recordaba que Nicole me había contado una vez que ella, Kylie y Macy estaban realmente unidas porque habían sido amigas desde primaria. También había mencionado que, como ninguna de ellas tenía ya más familia en California estaban tan unidas como hermanas. Nicole estaba de luna de miel y Kylie seguía en Reino Unido con Dylan. Yo tenía la sensación de que Kylie probablemente no iba a volver pronto a Estados Unidos si Dylan tenía algo que decir de su fecha de vuelta. Así que, ¿quién demonios estaría ahí para Macy ahora mismo? Cierto, mi prioridad solía ser mi trabajo por lo general, pero eso no significaba que no entendiera que Macy iba a necesitar un amigo para ayudarla a superar la pérdida de Karma.

—Me gustaría —musitó—. Me siento afortunada de recibir una invitación. Todo el mundo estará rivalizando por una.

—Considérala una invitación abierta a venir a Palm Springs siempre que quieras. Tengo una casa grande y siempre eres bienvenida. Dudo que vaya a estar mucho tiempo fuera. Por ahora, mi prioridad es el centro de conservación y escribir artículos para parte de mi investigación. Hace tiempo que no publico y tengo algunos datos importantes que me gustaría sacar ahí fuera —expliqué—. Si no puedo venderte el visitarlo en esta época del año, dudo que fuera a llevarte allí en pleno verano.

—Vivo en el sur de California —me recordó—. Estoy acostumbrada al calor, pero en la zona del desierto de la Palma hace muchísimo calor. No creo que refresque hasta el invierno.

—Tengo una piscina bonita y aire acondicionado —bromeé.

—Claro que sí —me devolvió la broma—. Y tienes razón. El tiempo está mejorando allí ahora que llegamos al otoño. Sin duda iré de visita.

Me odiaba porque esperaba que hubiera más de una visita.

—Espero que me consideres un amigo con el que puedes hablar si me necesitas —le dije.

Ella permaneció callada un momento antes de responder:

—Las cosas serán un poco raras con Nicole viviendo en el Reino Unido ahora y sé que pasa algo con Kylie y Dylan. Así que tampoco estoy segura de cuándo volverá ella. No es que ninguna de nosotras vayamos a perder el contacto. Hemos tenido retos geográficos antes y nuestra amistad nunca ha cambiado. Solo va a ser distinto ahora que no estamos todas viviendo en el mismo sitio ni juntándonos en persona muy a menudo.

—Yo no estaré lejos —le recordé.

«¡Dios!», pensé. ¿Podían ser más evidentes mis ansias de volver a verla?

—Agradezco todo lo que has hecho por mí —dijo en tono sincero—. Pero eres un chico ocupado.

—Nunca estaré tan ocupado que no tenga tiempo para ser un amigo si necesitas uno —le dije.

—Gracias, Leo. Ya veremos. Gracias por ofrecerte —dijo sin comprometerse.

No era una promesa de que me llamaría si necesitaba hablar, pero por ahora tendría que bastar.

CAPÍTULO 4

Macy

—Creo que estás totalmente pedo, Macy. ¿Seguro que estarás bien aquí sola? —preguntó Leo dos noches después con preocupación en el tono.

Entré con torpeza en mi pequeño apartamento con la mano de Leo rodeándome firmemente el brazo para que no cayera de cara al suelo. Había oído el término *pedo* en el Reino Unido bastantes veces para darme cuenta de que significaba *borracha.*

¿Estaba bebida? De acuerdo, no estaba precisamente sobria, pero si estuviera totalmente pedo era probable que no estuviera de pie ahora mismo.

—Por supuesto, estaré bien —le aseguré—. Vivo aquí.

—No es a eso a lo que me refería y lo sabes —dijo Leo ligeramente mientras me sentaba a la pequeña mesa de mi cocina y buscaba en los armarios hasta que encontró un vaso, que llenó de agua y hielo sin demora.

—Ir al bar fue idea tuya —le recordé—. Te dije que me emborrachaba fácilmente. Nunca he tenido tiempo para emborracharme. Una vez en la universidad y después de esa resaca, lo dejé.

Leo puso el agua delante de mí.

—Bebe —ordenó—. Y come algo por la mañana.

—Estaré bien —musité contra el borde del vaso antes de dar un sorbo de agua, a sabiendas de que era una mentirosa.

No estaba bien. Tal vez Leo hubiera sugerido una mesa en un pequeño bar tranquilo local para unos tragos, pero yo estuve completamente de acuerdo. Karma había muerto a media tarde, después de sobrevivir bastante más tiempo del que creí que lo haría. Leo se había quedado conmigo en el santuario todo el tiempo, aunque yo le había dicho que se fuera.

Leo se sirvió un poco de agua y se sentó frente a mí.

—Veo por qué te gusta trabajar en el santuario. Tal vez sea pequeño, pero el personal parece preocuparse mucho por todos y cada uno de los animales a su cuidado.

Yo asentí despacio.

—Lo hacen.

—El director parecía entender lo difícil que sería la muerte de Karma para ti. Mencionó que no quería verte la cara hasta la semana que viene. De una manera amable, por supuesto —dijo Leo.

—Me alegro de que dijera eso —le respondí a Leo mientras lo miraba por encima del borde de mi vaso de agua—. No estoy segura de cuánto tardaré en superar el que el recinto de Karma esté vacío.

Había llorado como si todo mi mundo estuviera terminando después de que Karma diera su último suspiro, y Leo había estado allí para ofrecerme un hombro sobre el que llorar.

—Tómate los días libres —sugirió Leo—. Lo necesitas, Macy. Estuviste allí durante cuarenta y ocho horas durmiendo muy poco. Te mereces un poco de tiempo para superar el dolor de perderla. Me alegro de haber llegado a ver el vínculo entre vosotras dos. Era bastante especial y atípico.

Yo había mantenido a Karma bien medicada para su dolor, pero a pesar de eso hubo veces en que ella era muy consciente de lo que la rodeaba.

—Le gustabas —le dije con tristeza—. Tienes un don, Leo. Karma no confiaba en mucha gente.

—Solo toleró que estuviera allí porque sabía que a ti te parecía bien —explicó—. Sinceramente, fue una experiencia surrealista para mí. Nunca he estado tan cerca de ninguna especie de tigre cuando uno estaba despierto. No tenemos ninguno en mi centro de conservación en Inglaterra y dudo que vaya a tener oportunidad de pasar tiempo con otro gran felino así.

—Yo también dudo que vaya a tenerla —contesté—. Karma era especial porque fue criada por humanos. La mayoría de los grandes felinos se mantienen alejados de las personas y son demasiado salvajes para sentarse y charlar con ellos cuando están en un zoo o rehabilitándose.

—Entonces, ¿qué harás con tu tiempo libre? —preguntó él en voz baja.

—No estoy muy segura —respondí yo con sinceridad—. Probablemente pasaré un poco de tiempo en el refugio donde soy voluntaria, aquí, en Newport Beach.

—¿Haces trabajo voluntario en un refugio normal? —preguntó, sonando sorprendido.

Yo me encogí de hombros.

—¿Por qué no? He sabido cómo tratar a animales domésticos corrientes desde que me gradué de la facultad de Veterinaria hace siete años. Aunque ese refugio en particular está empezando a volverse lo que vosotros llamáis... pijo. Tus dos hermanos donan generosamente a ese refugio ahora, así que no estamos tan necesitados como antes ni de lejos. Son buenos hombres. Ninguno de ellos dudó en empezar a escribir cheques en el momento en que supieron que el refugio animal necesitaba las donaciones.

—Yo estaría encantado de donar...

Sostuve una mano en alto mientras decía:

—Dios, no. Ya recibimos bastante dinero de Dylan y Damian y ambos establecieron donaciones recurrentes. Hemos podido hacernos cargo de más animales y ya no necesitamos ayuda desesperadamente por la generosidad de tus hermanos.

—Bueno, la invitación de venir a visitarme en Palm Springs sigue abierta —me recordó.

«Como si no tuviera nada mejor que hacer que hacerme un recorrido por su centro de conservación después de pasar los dos últimos días conmigo velando por una tigresa de Bengala», me dije.

Era Leo Lancaster, por Dios. Era la estrella del mundo de la fauna salvaje. No había tomado suficientes cócteles para hacerme olvidar quién había estado a mi lado durante los últimos días, absolutamente horribles para mí.

Leo había permanecido a mi lado y no había parpadeado ante la idea de permanecer tan cerca de Karma, acariciándola y reconfortando al gigantesco felino hasta que falleció. Tampoco había sido incómodo en lo más mínimo cuando Leo había abierto los brazos para la veterinaria afligida que había quedado atrás una vez que Karma se marchó.

Cuando Leo había sugerido unos tragos en camino a casa, yo apoyé la idea de buena gana. Por supuesto, él probablemente no se esperaba que yo bebiera tantos puñeteros cócteles, pero no dijo ni una sola palabra. Se había limitado a ayudarme a salir a su Escalade cuando yo estaba lista para marcharme y me llevó de vuelta a mi apartamento.

Eché un vistazo al reloj de la cocina y me percaté de que era medianoche.

—Puedes irte, Leo. De verdad. Estaba un poco alegre, pero ahora me encuentro mejor. Sé que tienes mucho trabajo que hacer. El hecho de que te quedaras tanto tiempo conmigo significa el mundo para mí.

Leo se encogió de hombros.

—No ha sido nada. ¿Es esa mi señal para largarme de aquí? —preguntó en tono jocoso.

—No estaba mandándote a paseo —dije sinceramente—. Solo me siento culpable porque has pasado cada momento de los últimos días conmigo. No es por esto por lo que estás aquí en Estados Unidos, y ni siquiera has ido a tu centro de conservación todavía.

—Se está haciendo tarde —dijo en un tono más serio mientras se levantaba—. Y ninguno de nosotros durmió mucho anoche.

Sonaba cansado y, a medida que mi neblina inducida por el alcohol empezaba a clarear, me di cuenta de que no podía dejar que Leo se marchara a casa esa noche de ninguna manera.

La mayor parte de mi energía emocional había estado centrada en Karma durante los dos últimos días. Leo había estado allí para traerme comida cuando era hora de comer y prestarme parte de su fuerza cuando yo me había desmoronado. Suspiré al darme cuenta de que no había pensado ni una sola vez en el hecho de que Leo también era humano.

—Es un trayecto de casi dos horas a Palm Springs —le recordé mientras me levantaba de la silla—. Tienes que estar agotado.

—Por eso pasé del alcohol y opté por una taza de café cargado en el bar en lugar de eso —dijo girándose para mirarme después de que yo lo hubiera seguido hasta la puerta. —Estaré bien, Macy. Estoy acostumbrado a no dormir mucho cuando salgo al campo. Sigo siendo perfectamente funcional. Estoy más preocupado por tu bienestar ahora mismo. Pareces completamente agotada —dijo con un barítono grave—. Duerme un poco y cuídate.

Alcé la mirada hacia Leo y solté otro largo suspiro. Incluso después de hacer compañía a una tigresa moribunda y a una mujer hundida de pena, Leo tenía tan buen aspecto como en el avión para cruzar el charco.

¿Cómo le daba las gracias una mujer a un tipo al que apenas conocía por estar ahí durante una experiencia traumática para ella?

—Leo, no estoy segura de cómo agradecerte...

—Entonces, no lo hagas, porque ya me has dado las gracias cincuenta veces o así —me interrumpió en tono de broma—. Sé que te llevará un poco de tiempo superar la pérdida de Karma. Si de verdad quieres agradecérmelo, sigue en contacto y hazme saber cómo lo llevas.

Me arrojé en sus brazos por enésima vez en los últimos días, acción que fue resultando cada vez más fácil de hacer.

Tal vez porque sabía que, por alguna razón, Leo me entendía. No iba a juzgarme. Comprendía lo que sentía, cuando muchas otras personas no lo harían.

Sinceramente, ¿cuánta gente en el mundo comprendería cuánto se me estaba rompiendo el corazón por una tigresa de Bengala mutilada que se había convertido en mi tercera mejor amiga con el paso de los años? ¿Entenderían por qué me sentía tan vacía y perdida? Probablemente no. Pero Leo parecía tanto empatizar como presentir exactamente lo que yo sentía.

—No estoy segura de qué habría hecho sin ti durante los últimos días —le dije con voz temblorosa mientras lo asfixiaba de un abrazo.

Él retrocedió y me besó la frente como si fuera su hermana pequeña antes de responder:

—Me alegro de que no tuvieras que hacerlo sin mí.

—Yo también —susurré mientras inhalaba el aroma deliciosamente masculino que había llegado a reconocer muy bien durante los últimos días.

—Oye —dijo en tono de empatía mientras me secaba una lágrima de la mejilla—. Macy, estaré encantado de quedarme si necesitas...

—¡No! Estoy en casa, Leo. Estoy bien —dije mientras retrocedía para secarme la humedad de las mejillas—. No puedo seguir llorando así eternamente. Encontraré el equilibrio.

«Tarde o temprano», pensé. Probablemente sería más fácil lamerme las heridas sola, pero por extraño que parezca, tampoco había sido tan difícil soltarme con Leo. No es que no hubiera perdido animales que me importaran antes. Era la parte difícil de mi trabajo y lloraba a cada una de esas criaturas hasta cierto punto, pero nunca así. Karma había sido diferente. Me permití acercarme demasiado durante demasiado tiempo y era terriblemente doloroso por eso. Nos habíamos reconfortado mutuamente cuando ambas estábamos pasando por los momentos más oscuros de nuestras vidas y dejarla partir me había hecho sentir como si hubiera penetrado esa negrura como la tinta otra vez.

—Me mantendré en contacto si tú no lo haces —me advirtió Leo cuando finalmente me soltó—. Tendré que saber que estás bien.

Intenté lanzarle una pequeña sonrisa.

—Bromeas, ¿verdad? —dije—. Me has dado una invitación que cualquier veterinario zoológico mataría por recibir. Te llamaré.

Leo levantó una ceja.

—No era una invitación profesional. Puede que solo quiera volver a verte.

Yo solté un bufido. No pude contenerme.

—En ese caso, me consideraría realmente afortunada. Eres el legendario Leo Lancaster.

No podía decir que todo mi culto al héroe se hubiera desvanecido, pero no veía a Leo exactamente de la misma manera que hacía unos días. Él seguía siendo extraordinariamente guapo y más grande que la vida, pero también era muy humano.

Sonrió mientras abría la puerta.

—No es exactamente lo que esperaba, pero lo aceptaré... por ahora.

No dijo una palabra más al marcharse. Mientras veía su figura grande y corpulenta desaparecer en la noche, sentí curiosidad por lo que Leo Lancaster había querido oír.

CAPÍTULO 5

Leo

—¿CÓMO ES QUE no sabía nada de todo esto? —preguntó mi hermano Dylan al día siguiente cuando nos poníamos al día por teléfono—. He intentado llamarte unas cuantas veces desde que te fuiste del Reino Unido, pero estoy tan acostumbrado a que no mantengas el contacto y a que llames cuando puedes que no pensé demasiado de que no respondieras.

Había compartido lo que había pasado con Macy después de que Dylan me hiciera saber que todo iba bien ahora entre él y Kylie.

Mi hermano le había pedido a Kylie que se casara con él la noche del banquete de Damian y Nicole, así que yo tenía razón. Había otra boda Lancaster que estaba entrando en fase de planificación.

—Creo que tenías cosas más importantes en las que pensar —respondí—. Y acabo de empezar a devolver llamadas.

Eres la primera persona a la que he llamado. Apagué el teléfono una vez que llegamos a la enfermería del santuario animal.

—¿Cómo está Macy? —preguntó Dylan, el tono solemne—. Kylie mencionó que Macy estaba disgustada porque la tigresa estaba enferma y muriendo, pero no conocía toda la historia. No me había dado cuenta de que llevaba tanto tiempo cuidando de la tigresa ni de lo unida que estaba a Karma.

Yo sonreí mientras permanecía junto a los ventanales del suelo al techo de mi nueva casa, mirando fijamente el paisaje desértico.

Hacía solo unos meses, Damian y yo nos habíamos preguntado si Dylan aún tenía corazón. La preocupación en su voz ahora cuando me había preguntado por Macy era una prueba firme de que el gran órgano seguía latiendo dentro del pecho de Dylan.

Yo le estaría eternamente agradecido a Kylie por devolverle a nuestra familia al antiguo Dylan, y estaba muy feliz de que fuera a unirse a esta de manera permanente casándose con mi hermano.

—Obviamente, estaba desconsolada —le conté—. Dice que está bien, pero creo que le llevará un tiempo superarlo. Era evidente que ella y esa tigresa estaban realmente unidas.

—Kylie mencionó una o dos veces que Macy no lo ha tenido fácil —reflexionó Dylan—. Ahora desearía haberle preguntado a qué se refería exactamente con eso. Su camino educativo fue a todas luces riguroso y difícil, pero tengo la sensación de que hay más que eso.

Yo sospechaba que Dylan tenía razón, pero no tenía verdaderos motivos por los que creía eso.

Era… instinto.

Una sensación de que Karma no era lo único que perturbaba a Macy.

—Parece exhausta desde la primera vez que nos vimos y eso no ha cambiado mucho —le conté a Dylan—. Espero que por fin durmiera un poco anoche después de dejarla en casa.

—Entonces, ¿qué está pasando entre vosotros exactamente? —preguntó Dylan—. No es propio de ti dejar tu trabajo completamente al margen durante dos días, con tigresa moribunda o sin ella. Sé que estás allí, en Estados Unidos, para tu nuevo centro y eres incapaz de estarte quieto cinco minutos si tienes trabajo que hacer.

Me mesé el pelo con una mano, frustrado.

—No hay nada entre nosotros —le aseguré—. Ella necesitaba un poco de ayuda y yo la ayudé.

—Y una mierda, hermano —dijo Dylan con humor en el tono—. Oigamos la verdadera historia.

Solté una bocanada de exasperación.

—Me gusta. No puedo evitarlo. Pero ella no tiene absolutamente el menor interés en explorar ningún tipo de relación conmigo. Tuve que convencerla de que me dejara llevarla con Karma y luego de que me dejara quedarme con ella en el santuario. La única razón por la que accedió fue porque era la manera más rápida de ayudar a su querida tigresa. Solo parece mínimamente interesada en venir de visita a Palm Springs. Cualquier entusiasmo que tenga es más por visitar el centro de conservación que por volver a verme.

—¿Y tú… preferirías que estuviera interesada en ti? —preguntó Dylan con curiosidad—. Quiero decir que ese tampoco es tu estilo, Leo. ¿Cuándo te ha importado si una mujer se sentía impresionada por ti o no?

—Desde que la conocí a ella, por lo visto —respondí secamente—. Para ser franco, es distinta de cualquier otra mujer que haya conocido nunca. Lo pienso desde el momento en que nos conocimos. Demonios, puede que solo me sienta atraído por ella porque es preciosa. No lo sé. —Pensé un momento en mis palabras antes de añadir—: No. Es más que eso. Realmente quiero pasar un poco de tiempo con ella. Conocerla mejor. Macy es buena y brillante, además de ser guapa, pero no parecía demasiado interesada en hacer nada conmigo.

—Puede que solo se deba a que no tiene la cabeza en un buen lugar ahora mismo —sugirió Dylan.

—Yo también he pensado en eso —confesé—. Pero tampoco noté precisamente un interés personal en la boda. ¡Dios! Es la primera mujer por la que me siento realmente atraído desde hace mucho tiempo y es obvio que el interés no es recíproco. Me trata como a… un amigo informal.

No es que hubiera estado buscando una especie de interés aparte de amistad por parte de Macy. Simplemente, no lo había visto ni antes ni después de nuestro viaje de vuelta a Estados Unidos.

—Tal vez solo tengas que ser paciente, Leo. Y, por Dios, hagas lo que hagas, no la conviertas en un rollo de una noche para luego salir corriendo a una de tus exploraciones prolongadas. Kylie te cortará las pelotas si le haces daño a Macy. Peor aún, probablemente también me cortará las pelotas a mí, puesto que tú eres mi hermano. Creo que de verdad espera que Macy encuentre a un chico majo pronto.

—¿Y yo no cumpliría los requisitos? —pregunté secamente, más que un poco ofendido.

—Venga, Leo —dijo Dylan arrastrando las palabras—. ¿Cuándo fue la última vez que tuviste novia o cualquier cosa a largo plazo? Sé que no eres un virgen de treinta y dos años, así que tengo que asumir que la mayoría de tus amoríos fueron… breves.

—No siempre por elección —farfullé—. La mayoría de las mujeres no entiende por qué hago lo que hago cuando tengo tanto dinero que podría limitarme a donar a la causa en lugar de hacerlo yo mismo y ensuciarme las manos.

No pensaba contarle a mi hermano la poca frecuencia con la que se producían esas aventuras de una noche.

Dylan exhaló un largo suspiro antes de añadir:

—¿Qué hay de encontrar a una mujer que tenga algunos de los mismos objetivos que tú? ¿Una miembro del equipo? ¿Alguien que trabaje en tu sector?

—Todas las mujeres que tengo en el equipo ya están casadas. Es lo mismo con casi todas las mujeres de este sector. Busco formación superior y un poco de experiencia cuando contrato a alguien. Si una mujer de mi equipo o que trabaje en el centro no está casada, lo cual no sucede tan a menudo, simplemente no hay chispa. Idealmente, sería bueno conocer a alguien en el mismo sector, pero la mayoría de las mujeres con las que me relaciono ya están pilladas.

—Joder, Leo, tienes que salir de la naturaleza más a menudo —comentó Dylan.

—Si lo hago, empiezo a toparme con las mujeres que no entienden mi elección de carrera —le dije.

—Vale, lo entiendo. No es como si no comprendiera lo difícil que es conocer a la mujer adecuada —dijo Dylan sonando resignado—. Tú solo... ten cuidado con Macy.

—¿Se te ha ocurrido que ella podría terminar rompiéndome el corazón a mí? —pregunté con ironía.

—No —respondió Dylan sucintamente—. Te conozco, hermanito. A excepción de mamá, dudo que haya ninguna mujer que mantenga tu atención durante más de una velada.

Me sentí tentado de decirle cuánto se equivocaba y que estaba realmente cautivado con Macy, pero no estaba seguro de que fuera a creerme. Demonios, probablemente yo no habría creído que Dylan estaba realmente enamorado de Kylie de no haberlos visto a los dos juntos después de que él se enamorase.

—Gracias —dije con irritación—. Eso me hace sonar como un completo imbécil.

—No es a eso a lo que me refería —dijo Dylan con calma—. Eres increíblemente motivado. Siempre lo has sido. Admiro eso de ti. Cuando tienes la mente puesta en conseguir algo, tienes visión túnel. Por eso es por lo que eres tan bueno en lo que haces, pero no deja mucho espacio para nada ni nadie más en tu vida. Eso es lo que me preocupa. En algún momento en el futuro, creo que querrás más. No es una crítica, Leo. Solo es una observación. ¿Has tenido alguna vez una relación de verdad? No recuerdo realmente que trajeras a una mujer a casa para conocer a la familia.

—Ninguno de nosotros llevó realmente a una mujer a casa a conocer a mamá porque sabíamos que empezaría a planear la boda —le recordé—. Tuve unas cuentas novias estables cuando estaba en la universidad. Una cuando tenía dieciocho y luego una distinta cuando tenía veintiuno.

—¿Y después de eso? —preguntó Dylan, interrogándome para obtener más información.

—Bueno, no hubo ninguna relación larga después de que las cosas se acabaran con mi segunda novia en la universidad —reconocí descontento—. Eso no significa que yo no quisiera una relación. Simplemente… no pasó. Mira a Damian. Él tampoco tuvo una mujer en su vida durante mucho tiempo. No hasta Nicole.

—Entonces supongo que aún hay esperanza para ti —bromeó Dylan. Solo estoy pidiéndote que no juegues con Macy. Es una de las mejores amigas de Kylie.

—¿Y si ella es la mujer que me hace desear algo más? —lo reté. No me sentía así por una mujer todos los puñeteros días.

—Entonces a la mierda, si estás realmente loco por ella —dijo Dylan llanamente—. Ve a por ello. Nada en la vida está garantizado. Yo lo aprendí por las malas.

—Sinceramente —confesé—. No estoy seguro de qué voy a hacer. Me atrae. No voy a mentir sobre eso. Pero es más que eso. Quiero mucho más que un lío de una noche.

—¿Vas a llamarla? —preguntó Dylan con curiosidad.

—Esperaba que ella me llamara —le dije—. Dejé muy claro que quería que llamara ella y que estaba tan ansioso por tener noticias suyas que era vergonzoso.

—Puedes esperar sentado —respondió Dylan—. Si es tan obstinada como Kylie, es capaz de esperar mucho más de lo que tú querías esperar para volver a verla.

Probablemente tenía razón. Algo me decía que si no oía nada de Macy pronto, sería yo el que la llamara a ella. Había algo en la química entre nosotros dos que yo no podía ignorar sin más.

«¡Joder!». Quizás sería mejor si olvidara toda la situación con Macy, pero no estaba seguro de si podría.

—Las cosas podrían complicarse mucho —informé a Dylan.

—¿En qué sentido?

—Macy es una veterinaria zoológica de mucho talento y yo soy un tipo que está abriendo un centro de conservación, un hospital de urgencias para fauna silvestre y un centro de rehabilitación de fauna salvaje. Es increíblemente difícil encontrar a un buen veterinario de animales exóticos, y ahora que Karma se ha ido, sé que Macy estará buscando trabajo. Me gustaría ser el primero que le ofrezca algo que sea un reto —cavilé.

Había estado pensando en la gran adición que sería Macy para el nuevo centro desde que nos conocimos.

—Entonces, ¿te parecería eso un problema que convertiría una relación personal en un área peligrosa? —preguntó él.

—Probablemente no para mí —le dije a Dylan—. Yo soy el jefe, pero podría ser raro para ella.

—Tómatelo día a día —me aconsejó—. No sabes si aceptará un trabajo contigo ni si querrá salir contigo.

—Supongo que estoy adelantándome a los acontecimientos —convine, aunque no quería reconocer que cualquiera de esos dos escenarios pudiera producirse.

—¿Cómo van las cosas allí, en Palm Springs? —inquirió.

—Hace calor —dije con franqueza—. Puede que nos estemos acercando al otoño, pero pasamos de los treinta grados durante las horas más cálidas del día. Se está bien por la tarde y por la mañana.

—Es un clima desértico bajo —me recordó Dylan con una risita—. ¿Te gusta la casa nueva?

—Me encanta —respondí—. No es nada parecido a esas maravillas de la ingeniería que tú y Damian tenéis en Londres, pero es cómoda y tiene unas vistas espectaculares.

—No puedo creer que nunca te hayas comprado una casa en Inglaterra pero te construyeras una en Estados Unidos.

—Será mi casa central durante el próximo año o dos —expliqué—. Supuse que bien podría estar cómodo.

—Estoy impaciente por volver a Estados Unidos para que Kylie y yo podamos ir a ver el nuevo centro de conservación. Estoy realmente orgulloso de ti, Leo —dijo con sinceridad—. Dejando a un lado los chistes de tu vida amorosa, exige una enorme cantidad de trabajo conseguir lo que tú has hecho hasta ahora a una edad tan joven.

Yo sabía que decía en serio cada una de sus palabras. Oía el auténtico orgullo en su voz.

—Gracias. Estoy haciendo lo que me gusta, así que es fácil dedicarme a ello. —Vacilé un momento antes de añadir sinceramente—: Es bueno tenerte de vuelta, Dylan. Damian y yo te echábamos más de menos de lo que imaginas.

—Por suerte, no pienso volver a tocar fondo nunca más, hermanito —dijo con voz ronca—. Siempre estaré ahí cuando me necesites, si lo haces. Tengo demasiado por lo que estar agradecido y por lo que vivir para volver a irme a ninguna parte.

—Me alegro de que tú y Kylie lo arreglarais todo —le dije.

—No podía ser de ninguna otra manera —farfulló él—. No hay otra mujer ahí fuera para mí en todo el planeta. Soy un cabrón con suerte.

Ni en mis sueños más locos podría haber imaginado escuchar a mi hermano hablando así de una mujer, pero estaba eufórico de que lo hiciera ahora.

—Creo que podrá mantenerte a raya —bromeé.

—Es sobradamente capaz —replicó él con una carcajada, ni un poco avergonzado de reconocer que había encontrado a su igual—.

Hablando de Kylie, será mejor que me vaya. Estaba preparando algo para cenar.

Yo entré en la cocina para recoger mi cartera y mis gafas de sol de la encimera.

—Yo voy al centro. Que aproveche.

—¿Leo? —inquirió Dylan.

—¿Sí?

Se aclaró la garganta.

—Quizás tú también deberías pensar en tomarte un poco de tiempo libre. A veces, si trabajas constantemente, no levantas la mirada y te tomas tiempo para ver lo que te estás perdiendo.

Pensé en sus palabras durante un instante antes de responder:

—Puede que tengas razón.

Los dos finalizamos la llamada, pero yo pensé en lo que había dicho durante mucho tiempo después de que la conversación hubiera concluido.

CAPÍTULO 6

Macy

—OJALÁ ME HUBIERAS llamado. No tenía ni idea de que saliste pronto de Londres con Leo —dijo Kylie con remordimiento mientras charlábamos por teléfono.

Me había despertado tarde con un pequeño dolor de cabeza por mi indulgencia excesiva con los cócteles la noche anterior. Aparte de eso, no había habido otros signos de que estuviera sufriendo resaca.

Una de las primeras cosas que había hecho a primera hora de la tarde fue llamar a Kylie y hacerle saber lo que había pasado porque no la había visto en el banquete antes de marcharme de Inglaterra con Leo.

Kylie me había puesto al día de lo que había estado pasando con ella en los últimos días y yo me puse eufórica cuando me contó que ella y Dylan ahora estaban prometidos.

—Todo fue muy rápido —le dije mientras cambiaba de postura en el sofá para ponerme más cómoda—. Leo estaba allí ofreciéndose a llevarme a Estados Unidos de inmediato. No podía dejar pasar esa oferta. Era demasiado importante para mí estar aquí con Karma al final. En serio, ha sido increíble estos últimos días.

—Me siento fatal por no haber estado allí —dijo Kylie con tristeza—. Dios, Macy, sé lo difícil que esto debe de ser para ti.

—Estoy bien —le dije con franqueza—. Creo que hice bastante duelo una vez que me enteré de que no sobreviviría al cáncer y ya he llorado encima del pobre Leo durante los últimos días. Tomará un tiempo para que el dolor de echarla de menos disminuya, pero tendré que mantenerme ocupada.

—Has dicho que vas a tomarte libre el resto de la semana. ¿Qué planes tienes? —preguntó Kylie.

—Probablemente trabaje un poco en el refugio —cavilé—. Y Leo me ha invitado a Palm Springs para ver su progreso en el nuevo centro de conservación. Aunque estoy segura de que solo estaba intentando ser amable porque yo era un caso perdido.

—Lo dudo —meditó Kylie—. Me refiero a que no lo conozco muy bien, pero creo que se toma su trabajo bastante en serio. Dudo que te hubiera pedido que lo visitaras si no quisiera volver a verte. Sinceramente, tú y Leo tenéis mucho en común. Deberías darle una oportunidad al chico.

Yo solté un bufido.

—No puedes hablar en serio. ¿Yo… y Leo Lancaster?

—¿Por qué no? Dijiste que te parecía atractivo cuando estábamos en Londres —argumentó Kylie—. ¿Tengo que recordarte que acabo de prometerme con un Lancaster?

Yo suspiré.

—No es lo de que sea multimillonario ni lo de la familia aristocrática inglesa, aunque solo esas dos cosas ya serían intimidantes —expliqué—. Leo Lancaster es considerado un héroe pionero en el mundo de la fauna salvaje. He visto todo lo que se ha filmado de su trabajo de campo. Añade a eso el hecho de que es absolutamente guapo y todas esas cosas lo dejan muy fuera de mi alcance.

—No, no lo hacen —dijo Kylie con insistencia—. Leo también es humano y tú no solo eres preciosa sino increíblemente exitosa. No tengo dudas de que él se siente atraído por ti.

—No —le aseguré—. Y aunque agradezco que me consideres atractiva, en realidad soy una mujer que pasa mucho de su tiempo fuera sin maquillaje y muchos días malos. Eso por no mencionar el hecho de que además cuido de grandes criaturas salvajes y termino oliendo como ellas al final del día. Leo simplemente estaba siendo empático. Me trata como a la hermana pequeña que nunca ha tenido.

—Eso tiene sentido porque estás triste y disgustada por Karma. Sin duda es lo bastante inteligente para saber que tirarte los tejos cuando estabas tan angustiada no sería una maniobra sabia.

Yo solté una carcajada en bajo.

—Dios, te quiero por pensar que Leo Lancaster podría sentirse atraído por mí. Kylie, tú me conoces. No soy una mujer que se preocupe por su aspecto ni que tenga miedo de ensuciarse las manos. Nunca lo he sido.

Yo era la clase de mujer que usaba *jeans* y camiseta, que raramente se dejaba el pelo suelto sin la cola de caballo característica cuando trabajaba. Cuando no estaba trabajando, nada cambiaba mucho. La mayoría de mis actividades al aire libre preferidas no eran compatibles con ropa sofisticada, uñas largas o un kilo de maquillaje.

—Nunca has necesitado el maquillaje ni ropa sofisticada para verte preciosa —replicó Kylie en respuesta—. Te garantizo que Leo te encuentra atractiva y dudo que hubiera pasado dos días seguidos contigo solo para ser amable. Está demasiado ocupado para eso. Tampoco te habría invitado a Palm Springs antes de que el centro esté casi terminado a menos que quisiera volver a verte. Creo que deberías aceptar su oferta. Puede que sea hora de que tú tengas un lío con un Lancaster.

Sabía que Kylie estaba bromeando conmigo acerca de que me enrollase con Leo porque yo la había desafiado a hacer lo mismo con Dylan hacía no mucho tiempo.

—Estoy casi segura de que necesita sentirse atraído por mí para que yo pueda tener ese rollito —le repliqué.

Kylie soltó un suspiro de exasperación.

—Estoy segura de que la atracción va en ambos sentidos.

—Piensa lo que quieras —le dije amigablemente—. Pero tú ya sabes que soy torpe socialmente, sobre todo con los hombres.

—¿Te parecieron incómodas las cosas con Leo? —preguntó Kylie.

—Bueno, no. No realmente. Aunque estoy segura de que eso es porque estuve llorando constantemente sobre su hombro por Karma. No estaba pensando en nada más que en ella —expliqué.

Curiosamente, las cosas no habían sido realmente incómodas con Leo, a pesar de que solía costarme comunicarme con los hombres en una cita. Razón por la que no había tenido una en mucho tiempo. Por algún motivo, me sentía perfectamente cómoda hablando de cualquier cosa que tuviera en la cabeza con Leo Lancaster.

—Las circunstancias deberían haberlo hecho más incómodo —observó Kylie—. En cambio, estuviste lo bastante cómoda para llorar sobre su hombro.

—Estoy segura de que si vuelvo a verlo en circunstancias normales volveré a sentirme como una idiota inepta. Es un chico bastante intimidante —le dije.

—Tal vez lo sean su currículum y su dinero, pero él no lo es —dijo Kylie—. Leo siempre ha sido muy dulce conmigo.

—Tienes razón —reconocí—. No creo que tenga un pelo de esnob.

Kylie vaciló un momento antes de preguntar:

—Supongo que no te sentiste lo bastante cómoda con él para hablarle de…

—No, no lo hice —interrumpí, ya consciente de lo que quería saber—. Dios, Kylie. ¿De verdad crees que le contaría cosas como esa a un extraño?

Ella suspiró.

—Entonces, ¿qué dirás si empieza a hacer preguntas de tu vida?

—No nos conocemos lo bastante bien para eso —le aseguré inquieta.

No estaba preparada para hablar de la parte más oscura de mi vida con nadie excepto con mis amigas más cercanas. A decir verdad, no había hablado mucho de ella, ni siquiera a Kylie y a Nicole. Incluso cinco años después, era más fácil sobrevivir de esa manera.

—Lo entiendo —dijo Kylie en voz baja—. Pero todavía pienso que deberías tomarte un poco de tiempo libre e intentar hacer algo aparte de trabajar o ser voluntaria. Ir a Palm Springs sería un buen cambio de aires para ti, Macy. Leo sería buena compañía. Estás agotada física y emocionalmente. Creo que lo estás desde hace tiempo, y sé de sobra que perder a Karma te ha empujado más cerca del límite.

Tenía razón. Ni siquiera iba a intentar discutir. Ambas, Kylie y Nicole, me conocían demasiado bien.

Primero había utilizado mi residencia, ardua e intensa, para agotarme. Una vez que eso terminó, me zambullí en mi trabajo en el santuario, mi adoración a Karma y mis proyectos de voluntariado para escapar después de que hubiera terminado mi residencia. El cansancio y una mente distraída habían sido lo único que me mantuvo entera durante los últimos cinco años y temía descubrir qué pasaría si no trabajaba constantemente. Ahora que Karma se había ido y con Kylie y Nicole tan lejos y no disponibles para quedar, no tenía ni idea de qué iba a hacer.

Me masajeé la sien para aliviar el persistente dolor de cabeza mientras respondía:

—Estoy cansada —confesé—. Tengo la sensación de que ha sido un estado crónico para mí durante mucho tiempo.

—Porque nunca has parado suficiente tiempo para descansar —me reprendió Kylie amablemente.

Se me llenaron los ojos de lágrimas, pero las contuve parpadeando mientras respondía con voz temblorosa:

—Sabes por qué no lo hago.

—Lo sé. Dios, de verdad lo entiendo, Macy. Pero también te quiero como a una hermana y estoy preocupada por ti.

Yo tragué saliva.

—Estoy bien, Kylie. Han pasado cinco años. Puede que necesite un descanso, pero, por favor, no te preocupes por mí. Tú y Nicole me ayudasteis a superar los peores años.

—Apenas has hablado de ello —dijo Kylie suavemente.

—Porque… no puedo —expliqué—. Pero solo teneros a vosotras dos como mis mejores amigas me ayudó mucho.

Y había ayudado. De manera significativa. El amor entre Nicole, Kylie y yo era fraternal y siempre me había hecho sentir que no estaba completamente sola.

—Prométeme que te tomarás un poco de tiempo libre solo para relajarte —suplicó—. Nada de jornadas largas haciendo voluntariado ni de trabajar. Quizás podrías pasar un poco de tiempo con Hunter.

Yo sonreí.

—Desde luego me hace reír —le aseguré—. Pero ya hemos hablado bastante de mí. Háblame de Dylan y de la boda. ¿Ya hay planes?

Quería cambiar de tema y me sentí aliviada cuando oí a Kylie soltar un suspiro de rendición antes de decir:

—No, aún no hay planes. Aún me cuesta creer que esté enamorado de mí, a pesar de que llevo este anillo grande, precioso y ostentoso en el dedo.

—Quiero una foto —insistí—. ¿No tenías ni idea de que estaba planeando pedirte matrimonio?

—Ni idea —dijo llanamente—. De hecho, estuve a punto de estropearlo todo. El hombre puso su corazón a mis pies y yo lo machaqué antes de darme cuenta de que nunca había hecho una sola cosa para hacerme daño. Me alegro de que me perdonara tan fácilmente. Estuve a punto de alejar lo mejor que me ha pasado nunca.

—¿Por qué? —pregunté con curiosidad.

Ella resopló.

—El miedo, mi falta de fe en que realmente estaba tan loco por mí como yo por él. Metí mucho la pata, Macy, y el muy loco aún vino detrás de mí.

—No te ofendas —dije—, pero no sé por qué no lo veías. Los demás lo hacíamos. Dylan te miraba como un hombre completamente fiel.

—Nunca lo vi —dijo ella en tono anonadado—. Creo que estaba demasiado envuelta en mis propias preocupaciones por cuánto lo amaba yo a él. Estaba aterrada de que nunca me quisiera.

—Y esos miedos fueron todos en vano —bromeé —. De verdad, quería odiar a Dylan después de todo lo que les había hecho a Damian y a Nicole, pero no podía. Puede ser encantador y, a todas luces, está loco por ti.

—Yo también quería odiarlo —convino—. Pero no podía. Él sentía demasiado dolor y se había castigado lo suficiente.

Yo suspiré.

—Me alegro mucho de que por fin encontraras al chico que te valorará y te mirará durante el resto de tu vida. Te lo mereces.

La vida de Kylie no había sido fácil, especialmente con respecto a las relaciones, así que me sentía eufórica de que por fin hubiera encontrado al chico adecuado. Al principio, tenía mis preocupaciones por Dylan Lancaster, pero resultaron ser infundadas.

—Te das cuenta de que Nicole y yo vamos a buscar a tu chico perfecto ahora —me advirtió—. Somos demasiado felices como para no querer lo mismo para ti.

—Ay, Dios, no —le dije con énfasis—. Estoy perfectamente contenta con mi soltería y mi vibrador cuando es conveniente. Lo último que necesito es la molestia de una relación seria. Esas historias a largo plazo nunca me han ido bien.

—Porque nunca has encontrado al chico adecuado —insistió Kylie—. Y afrontémoslo, nunca has tenido realmente el tiempo ni la energía para dedicarlos a una relación larga.

—No era solo eso y lo sabes. Siempre atraía a los raritos o a los perdedores. Incluso en el instituto. Muy pocos chico están interesados en las friquis de la fauna salvaje.

No había tenido novio desde que estaba estudiaba la licenciatura en la universidad. Ninguno de los chicos con los que había salido después de eso había durado bastante para considerarse una relación seria. Después, hacía cinco años, había decidido que nunca querría otra relación seria en mi vida que requiriese un compromiso emocional profundo. No podía manejarlo.

De acuerdo, quizás no me importaría tener citas informales o quizás una relación de amigos con derecho a roce, aunque nunca había intentado eso antes. Estaba cansada de estar sola, pero tampoco estaba equipada para manejar la clase de relaciones que Nicole y Kylie tenían con Damian y Dylan.

—Ninguno de esos chicos era bastante bueno para ti —dijo Kylie con desdén—. No necesitas a alguien de quien tengas que cuidar, por Dios. Ya tuviste bastantes de esos chicos en tus primeros años de citas. Necesitas a alguien que sea tan exitoso como tú y que adore tu inteligencia, así que ayudaría que también sea ridículamente inteligente. Ah, y tiene que amar a los animales. Nada de idiotas que no entienden tu amor por las criaturas salvajes o tu corazón compasivo.

Sonreí con suficiencia mientras decía:

—¿Otras cualidades que deba poseer este modelo?

Escuché a Kylie tomar aire.

—Sí, de hecho, hay muchas más. Tiene que poner tus necesidades por delante de las suyas, o al menos darles la misma importancia. También sería bueno que sea abiertamente afectuoso y lo bastante atractivo para hacerte olvidar tu vibrador.

Yo me reí a mandíbula batiente.

—No creo que exista un chico así. Al menos, no ha pasado por mi mundo.

—Entonces supongo que tenemos que ampliar tus horizontes un poco —replicó Kylie—. En serio, Macy, ¿de verdad piensas que Nicole y yo podemos ser tan felices y no intentar encontrar a tu Míster Perfecto?

—Sé que queréis que sea feliz —dije ligeramente—. Pero no todas las mujeres sueñan con encontrar el chico perfecto para casarse. Yo soy esa mujer que preferiría compartir su casa con un perro o algún otro animal de cuatro patas, ¿recuerdas?

—Has salido con demasiados idiotas —comentó Kylie—. No es que pueda criticar porque la mayoría de mis novios también eran idiotas. Bueno, eso era antes de Dylan. Pero hay un chico ahí fuera para ti en algún lugar, Macy. Un perro no puede estar ahí para ti cuando realmente necesitas hablar.

De lo que Kylie no se percataba era de que yo raramente quería hablar de mí misma.

—Déjalo, ¿quieres? —le supliqué a Kylie, solo bromeando en parte—. Acabas de prometerte. No puedes empezar a insistirme tanto ya.

Ella rio y finalmente dejó el tema. Hablamos durante diez minutos más antes de colgar finalmente.

En cuanto hube apretado el botón para colgar, miré mi teléfono móvil un momento, abriendo la información de Leo al hacerlo. Se había asegurado de que ambos nos añadiéramos a los contactos de nuestros teléfonos antes de que saliéramos del bar la noche anterior. Mi pulgar planeó sobre su número durante un momento antes de que yo exhalara una respiración contenida y dejara el teléfono en la mesilla.

—Es el puñetero Leo Lancaster, Macy —me reprendí—. No es como si estuviera esperando tu llamada.

Más que probablemente, él estaba esperando que yo no llamara porque ya había ocupado gran parte de su tiempo. Una lágrima cayó por mi mejilla mientras pensaba en lo bueno que había sido conmigo durante los últimos días. Había insistido en que quería que lo llamara, pero ¿qué más podía decir realmente cuando yo era una mujer tan unida a su nueva cuñada y también a la prometida de Dylan?

Tenía sentido que solo estuviera siendo amable. Tenía una madre increíble que evidentemente había educado a todos sus hijos para que fueran corteses y amables. Leo me había ayudado a superar la parte difícil de la muerte de Karma. Lo mínimo que podía hacer era resolverlo todo por mi cuenta en lugar de fastidiarlo a él también.

CAPÍTULO 7

Leo

MIRÉ EL RELOJ por tercera vez en diez minutos y luego me maldije por ceder a ese instinto compulsivo. Estaba comportándome como todo un idiota porque esperaba que Macy llegara en cualquier momento.

Le había dado un día entero para llamarme después de salir de su apartamento. Cuando no me había llamado a las ocho de la tarde siguiente, tomé mi móvil y marqué su número.

«¡Dios!». Quería volver a verla y no le encontraba ningún sentido a perder más tiempo esperando a que me llamara. Una vez que la tuve al teléfono, me llevó quince minutos convencerla de que realmente quería que viniera a Palm Springs, y luego otros treinta convencerla de que trajera una maleta para poder quedarse el fin de semana.

El trayecto hasta aquí y de vuelta a Newport Beach era demasiado. La había persuadido de que hacer ambos trayectos en un día no nos dejaba mucho tiempo para ver la zona. Finalmente, ella había accedido a llegar hoy, que era viernes, y a quedarse hasta el domingo. Su concesión había sido un poco débil e incierta, pero no había cambiado de opinión acerca de venir. ¡Menos mal!

Miré en torno al salón mientras bebía una taza de té, preguntándome qué pensaría Macy de mi casa.

Era una construcción nueva contemporánea que tenía algunas influencias modernas de mediados de siglo. La planta era extremadamente abierta y todo se extendía en un piso. Una vez que alguien entraba por la puerta delantera, básicamente veía toda la cocina y el enorme salón. Mi parte favorita de la casa eran los ventanales del suelo al techo en dos paredes con amplias vistas al desierto y a la zona de la piscina y el patio a un lateral. También tenía casi dos hectáreas de finca, lo cual significaba que no tenía vecinos encima, que para mí fue el mejor gancho de venta.

Macy debería llegar en cualquier momento.

«En compañía de Hunter».

Sonreí al recordar que Macy había tratado de decirme que no podía venir porque tenía que pasar tiempo con Hunter ya que había estado fuera. Había musitado algo de un gato salvaje que había adoptado recientemente.

Yo le había dicho que trajera a Hunter.

Sinceramente, estaba agradecido por este nuevo gato salvaje suyo porque sabía que, de otro modo, Macy habría insistido en quedarse en un hotel. No era como si a mí no me gustaran los animales. Simplemente, viajaba demasiado para tener mascota.

Sonó el timbre y al instante estaba en pie y dirigiéndome hacia la puerta.

«Eres completamente patético, Lancaster».

A pesar de que me reprendí por saltar en el momento en que ella llegó, eso no me detuvo.

Abrí la puerta de un tirón y luego me detuve y miré boquiabierto la visión que era Macy parada despreocupadamente en mi felpudo.

«¡Joder!». Estaba incluso más atractiva de lo que recordaba, ataviada con unos pantalones cortos de *denim* y una camiseta azul pastel con un logo turista de Hollywood en la parte delantera.

Casi no llevaba maquillaje y llevaba el pelo recogido con una especie de pinza, pero seguía siendo la mujer más guapa que había visto en mi vida.

Me obligué a apartar la mirada de ella y me percaté de que había una jaula bastante grande a su lado.

—Hola —dijo en voz baja. Se había puesto las gafas de sol en la parte superior de la cabeza y me miraba con sus enormes y serios ojos grises—. Dijiste que podía traer a Hunter.

Parecía incómoda, así que abrí la puerta de par en par para dejarla pasar antes de que decidiera salir corriendo.

Ella no se movió para entrar mientras preguntaba:

—¿Estás seguro de que te parece bien que Hunter esté aquí? Es una casa realmente bonita. No estoy diciendo que vaya a destrozarla, pero puede ser un poco... revoltoso.

—Está bien —le dije apresuradamente mientras recogía la jaula y la llevaba al interior de la casa.

En realidad no me importaba qué le hiciera a mi casa. Estaba tan contento de ver a Macy que el maldito felino podía columpiarse de los tejados y destrozar todos los muebles que tenía y no me importaría una mierda.

Macy no tuvo más remedio que seguirme adentro y cerrar la puerta. Guardó un silencio un instante antes de decir:

—No estoy segura de si te dije que Hunter es un gato bengalí F2. Alguien lo abandonó en el refugio hace un año, probablemente porque era estéril, como la mayoría de los machos durante las primeras tres generaciones de crear el híbrido. Me turné con los otros veterinarios allí, intentando socializarlo y asegurarnos de que fuera entrenado. Al final, me lo quedé permanentemente porque no tenía otras mascotas y lo adoro.

Dejé la jaula en el salón y me puse en cuclillas para abrirla. Finalmente entendí que cuando Macy había dicho que tenía un gato salvaje, se refería a que literalmente tenía un gato salvaje.

Hunter salió caminando de su confinamiento con aspecto ligeramente confundido. Era un poco más grande que el gato doméstico promedio, y su pelaje marrón, negro y tostado con manchas de rosetones era increíblemente llamativo.

Permanecí en cuclillas a la altura de Hunter para que no se sintiera amenazado y esperé a ver si se acercaría a mí o me ignoraría.

—Entonces, ¿es un cuarto de gato leopardo asiático?

Un gato leopardo era un felino salvaje pequeño autóctono del sur continental, sudeste y este asiático. El gato leopardo asiático era ligeramente más grande que un gato doméstico, lo cual claramente explicaba el cuerpo más grande de Hunter.

—Sí —dijo, sonando impresionada de que entendiera lo que significaba la designación F2—. Nunca entenderé por qué la gente tiene la necesidad de cruzar felinos salvajes con gatos domésticos cuando tenemos tantos gatos que necesitan ser adoptados. Pero Hunter es un chico guapo.

Sonreí cuando Hunter me propinó un cabezazo y estiré el brazo para acariciar al felino parcialmente salvaje.

—No parece tener una personalidad salvaje.

Sabía que a veces tomaba varias generaciones eliminar todos los instintos salvajes de los gatos cruzados.

Ella se encogió de hombros.

—No la tiene. Quiero decir que es muy listo y tiene peculiaridades que los gatos domésticos no, pero trabajamos en entrenarlo desde el momento en que llegó al refugio. A veces actúa más como un perro que como un gato. Juega a atrapar sus juguetes de gato y le gusta salir a dar paseos con un arnés. Es un poco raro a veces, pero no realmente salvaje.

—Estoy encantado de tenerlo como invitado —le dije mientras Hunter se echaba a mis pies para que pudiera seguir adorándolo.

—Debería salir corriendo a por su arenero y su arena —dijo sonando ligeramente nerviosa—. Es un gato de interiores.

Yo sacudí la cabeza mientras me ponía en pie.

—Dame tus llaves y yo lo traeré. También traeré tu maleta. ¿Necesitas algo más?

—Hay unas cuantas cosas más para Hunter en el asiento del copiloto. Sus juguetes y una nevera con algo de comida.

—¿Tiene que hacer alimentación cruda? —pregunté con curiosidad.

—No. En realidad, no —respondió ella. —Tiene una comida especial y suelo añadirle un poco de pollo parcialmente cocinado. Además de sus vitaminas.

Al salir a su vehículo compacto tuve que reconocer que admiraba el hecho de que hubiera adoptado a un gato estéril que nadie más quería. Los gatos híbridos de primeras generaciones podían ser un grano en el trasero y normalmente requerían trabajo extra para cuidar de ellos adecuadamente. Como el felino tenía tanta sangre de felino salvaje, sus necesidades nutricionales eran distintas en cierto modo.

Al volver por la puerta con los objetos que había salido a recuperar, oí a Macy hablándole a Hunter.

—¡Mierda! Baja de ahí, Hunter. Dios, acabo de decirle a Leo que no eres un gato loco —dijo en tono nervioso—. Ese no es tu árbol. Aquí somos invitados. No puedes quedarte ahí arriba. Por favor.

Yo sonreí al percatarme de que Hunter se había mudado a mi ficus de tres metros en la esquina.

—Es bueno —le dije mientras dejaba los artículos en el suelo—. Pasan parte de su vida viviendo en los árboles en la naturaleza. Bajará cuando se sienta más cómodo.

Macy se volvió hacia mí con una expresión pensativa.

—Es un árbol de seda. Estoy segura de que fue hecho a medida, Leo. Probablemente lo destrozará con sus garras.

Yo me encogí de hombros.

—Es reemplazable. Evidentemente está más cómodo ahí por ahora. Déjalo, Macy. No pasa nada. ¿Puedo traerte algo para beber?

La observé mientras me miraba a mí y luego al árbol, para después soltar un enorme suspiro.

—No digas que no te lo advertí. Me gustaría un poco de agua. Ya hace bastante calor ahí fuera y ni siquiera es mediodía.

—Hará unos treinta y seis grados hoy —le dije—. Pero se supone que mañana y el domingo hará más fresco.

Entré en la cocina mientras ella deambulaba hacia las ventanas.

—Tus vistas son alucinantes, Leo. Hay algo increíblemente poderoso en el desierto.

—Es extraño que sientas eso —contesté mientras le entregaba el vaso de agua con hielo—. Yo siento lo mismo, pero algunas personas creen que el desierto es inhóspito y sin vida.

Ella sacudió la cabeza.

—Nunca carece de vida y me parece tan fascinante porque puede ser muy peligroso. Probablemente es como mirar un tornado. Quieres apartar la vista, pero estás cautivado.

Le hice un gesto para que tomase asiento en el sofá. Una vez que estuvo sentada, yo me senté en el otro extremo mientras decía:

—¿Estás bien? Pareces un poco nerviosa.

Tal vez solo hubiéramos pasado dos días juntos, pero fueron unos días intensos y personales. Yo había sido el chico que la sostuvo en sus brazos mientras lloraba sobre mi hombro. Yo había sido el chico que la había emborrachado completamente y luego la ayudó a volver a casa. Yo había sido el chico al que le había hablado de lo dolorosa que había sido la muerte de Karma. No era el chico con el que necesitaba sentirse incómoda a estas alturas.

Ella dio un trago de agua antes de responder:

—Puede que no esté totalmente convencida de que estés entusiasmado de tenerme aquí. No dejo de preguntarme si te ofreciste solo por cortesía.

Yo levanté una ceja. ¿Cómo podía seguir pensando eso?

—Te llamé yo, ¿recuerdas?

Me lanzó esa mirada solemne de ojos grises que siempre me daba deseos de hacerla sonreír cuando contestó:

—Lo sé. Y sigo intentando comprender por qué.

—¿De verdad te cuesta tanto creer que solo quiera pasar tiempo contigo, Macy? ¿Que me gustas y quería volver a verte?

Ella asintió lentamente.

—Sí, cuesta creerlo, de hecho. No he sido precisamente buena compañía para ti hasta ahora y ¿qué mujer trae su gato salvaje a una cita? De acuerdo, espera, no es que estemos en una cita realmente…

—Yo considero esto una cita —le dije sin rodeos mientras me acercaba más a ella—. Y podrías haber traído todo un zoo si eso es lo que necesitaba para volver a verte. Me gustas, Macy. Quiero pasar más tiempo contigo y conocerte. Creo que ya sabes que me siento atraído por ti.

Sus ojos se abrieron como platos.

—¿Por qué? No soy tu tipo. En absoluto.

—¿Cuál es mi tipo exactamente? —pregunté con voz ronca mientras extendía el brazo y le colocaba un mechón errante detrás de la oreja.

Ella dejó su agua en la mesa de café mientras respondía:

—No lo sé. Alguna supermodelo o una mujer que creciera en tu círculo aristocrático. No una mujer que pasa todo su tiempo con animales y apenas sabe mantener una conversación con un chico atractivo como tú.

—Pareces estar haciéndolo bien —le aseguré—. ¿Puedes decir sinceramente que no sientes la misma química entre nosotros que yo?

«Imposible», pensé. Esa atracción magnética estaba ahí, entre nosotros, y era imposible que ella no sintiera lo mismo. Quizás antes había pensado que ella no estaba interesada, pero la energía extraña era aún más poderosa hoy.

Ella sacudió la cabeza.

—Creía que solo era yo.

Como no quería asustarla avanzando demasiado deprisa, me limité a deslizar el brazo en torno a sus hombros y apoyé la frente contra la suya mientras decía:

—Me pones la verga dura desde la primera vez que te conocí. Por lo visto, las supermodelos y las estiradas no producen ningún efecto en mí.

Sentí su aliento cálido en mi rostro cuando dijo:

—Demuéstralo. Si te sientes tan atraído por mí, entonces bésame, Leo. Veamos qué clase de química tenemos.

«¡Dios!». Si creía que tendría que pedírmelo dos veces, se equivocaba.

De ninguna manera podía ignorar ese desafío. Tomé su rostro en las manos y bajé mi boca a la suya antes de que tuviera oportunidad de cambiar de opinión.

CAPÍTULO 8

Macy

DEJÉ ESCAPAR UN pequeño gemido cuando la boca de Leo cubrió la mía, aún preguntándome por qué demonios le había pedido que me besara. Tal vez solo sintiera tanta curiosidad como él por descubrir por qué me sentía tan condenadamente atraída por él. Tal vez quería saber si realmente sentía lo mismo que yo. Tal vez… solo hubiera estado muriéndome por que me besara. Definitivamente no era algo que normalmente le diría a un chico. Por otro lado, Leo Lancaster no era un hombre corriente.

«Tiene razón. Sin duda hay una química absurda entre nosotros dos hoy. No es mi imaginación».

Leo Lancaster me deseaba y estaba asegurándose de que yo lo supiera, a pesar de que no estaba tocando nada excepto mi cara. Todas las terminaciones nerviosas de mi cuerpo chisporrotearon cuando me mordisqueó el labio inferior, insistiendo en que me abriera para él, cosa que hice casi de inmediato. Su aroma masculino invadía mis sentidos y un deseo feroz que nunca había experimentado inundó todo mi ser.

«De acuerdo. Sí». Puede que hubiera tenido un flechazo de locos por él cuando solo era un tipo atractivo y brillante en mi pantalla de televisión. Pero no me sentía así. Nada nunca me había hecho sentir así.

Rodeé su cuello con los brazos y enterré los dedos en el cabello de su nuca. Sentirlo era tan delicioso, olía tan bien que no pude contenerme de tocarlo. Había pasado tanto tiempo desde que me había sentido una mujer atractiva que estaba deleitándome en el conocimiento de que Leo realmente me deseaba. Estaba hundiéndome en su deseo a medida que se mezclaba con el mío.

—Leo —dije sin aliento cuando finalmente liberó mis labios.

—¡Dios! Lo siento, Macy —dijo con voz frustrada al apartarse de mí—. He querido besarte desde el día en que nos conocimos y me he dejado llevar un poco. —Se mesó el pelo con una mano mientras añadía—: Espero que estés convencida ahora. Si no, voy a querer intentarlo de nuevo.

Sonreí mientras decía en voz baja:

—Entonces quizás debería fingir que no estoy convencida.

Él me devolvió una sonrisa con aspecto aliviado al responder:

—No tendría ningún problema en esforzarme más para convertirte a la verdad. —Con voz más franca, añadió—: No sé por qué creías siquiera que no había nada ahí cuando la atracción es tan evidente.

—Ha pasado mucho tiempo para mí, Leo —le dije con franqueza sin ver ningún motivo por el que no ser sincera después de todo lo que había hecho por mí—. Y no estoy segura de haberme sentido tan atraída por alguien nunca. Pero eres Leo Lancaster, por Dios. Probablemente hay un millón de mujeres a las que les encantaría acostarse contigo.

Me atrajo más cerca cuando contestó:

—También hace tiempo para mí, y te garantizo que yo tampoco me he sentido tan atraído por nadie nunca. No me acuesto con todas las mujeres que conozco, Macy, y la mayor parte del tiempo estoy en el campo, donde en lo último que pienso es en acostarme con nadie. Lo creas o no, nunca he tenido tanta labia con las mujeres como Dylan y Damian. Suelo ser el tipo al que ponen firmemente en la zona de amigos porque tengo una extraña preocupación por estar al aire libre y ensuciarme en lugar de preferir pasar mi tiempo como hacen otros hombres ricos.

¡Joder! ¿Qué demonios les pasaba a las mujeres con las que había salido o por las que había estado interesado?

—Están locas —le dije—. He visto tus documentales. Hay algo increíblemente atractivo en ti cuando decides ensuciarte. Y parecías sentirte en tu casa con todos los eventos sociales de la boda.

Él sonrió de oreja a oreja.

—Hay diferencia entre seguir la corriente y disfrutarlos. Cierto, no estaba fingiendo el hecho de que estaba entusiasmado por asistir a la boda de mi hermano, pero en su mayoría, normalmente detesto las fiestas anticuadas. Fui criado para formar parte de ese mundo, pero la mayor parte del tiempo cuento las horas hasta que puedo escapar de esa gente en particular.

Yo me recosté y apoyé el cuerpo contra su forma sólida; ya no me sentía incómoda por tocarlo.

—Entonces, ¿era raro no querer lo mismo que tus hermanos mayores cuando eras más joven?

Leo empezó a jugar con un mechón de mi cabello mientras respondía pensativo:

—Sinceramente, en realidad no. Tenía unos padres increíbles y ninguno de ellos me hizo sentir diferente nunca porque mis intereses no fueran los mismos que los de Dylan y Damian. Mi padre vio su interés en Lancaster International así que los preparó para tomar el mando algún día. Mostró la misma preocupación por fomentar mi educación sobre la fauna cuando vio que mis intereses estaban en ese ámbito. Nunca me hizo sentir diferente ni menos que ellos porque yo no quisiera hacerme cargo de Lancaster International con Damian y Dylan. Tanto él como mamá estaban orgullosos de mí sin importar qué clase de carrera eligiera.

—No pude conocer muy bien a Bella porque estaba muy ocupada con la boda, pero vi esa bondad en tu madre y sé lo buena que ha sido con Nicole —le dije a Leo—. Es una mujer increíble.

—Lo es —admitió él—. Mi padre era igual de extraordinario.

Mi mano fue a cubrir la suya instintivamente. Sabía que Leo había perdido a su padre hacía varios años.

—Debes de echarlo de menos.

—Todos los días —dijo él con voz grave—. Dicen que se vuelve más fácil, y puede que así sea, pero aún lo extraño casi tanto como el día en que murió. El dolor de la pérdida solo se hace menos agudo con el paso del tiempo.

—Tienes razón. Se hace más fácil, aunque ese dolor en el alma de extrañar a alguien nunca desaparece realmente —le dije sin pensar en mi respuesta.

Él estrechó su abrazo en torno a mí en gesto protector.

—Entonces, ¿tú ya has perdido a tu padre? —preguntó.

El corazón me dio un vuelco. No es que no supiera que surgiría el tema. Solo esperaba que no fuera tan pronto. Por alguna razón, no podía ignorar la pregunta de Leo. Había hecho demasiado por mí, había visto demasiado de mí emocionalmente para no contarle la verdad. Asentí.

—Sí.

Cierto, esto era algo de lo que no me gustaba hablar, pero si Leo y yo íbamos a pasar tiempo juntos se enteraría tarde o temprano.

—¿Dónde está tu madre? —preguntó con delicadeza.

—También muerta —dije llanamente.

—¿Hermanos? —inquirió una vez más.

—Un hermano —dije a medida que los ojos se me llenaban de lágrimas—. Él también se fue. Hace cinco años los perdí a los tres en un instante durante mi residencia en San Diego. Mi hermano pequeño, Brandon, estaba en casa de vacaciones de la universidad. Estaba a punto de terminar su máster en ingeniería aeroespacial y mis padres querían celebrarlo haciendo un viaje con él a Isla Catalina en helicóptero. La gente lo hace todos los días y nunca ha pasado nada. Solo es un saltito en lo que respecta a los vuelos. Suele ser extremadamente seguro, pero algo fuera de lo corriente pasó aquel día. El helicóptero se precipitó al océano Pacífico por un fallo del motor. Mi padre, madre, hermano y el piloto murieron. Sus cuerpos fueron recuperados al día siguiente.

Leo guardó silencio un momento antes de maldecir:

—¡Joder! ¿Perdiste a toda tu familia en un accidente?

—Sí. Un día todos estaba allí y éramos una familia feliz, y al día siguiente yo estaba completamente sola intentando resolver cómo enterrarlos a todos —dije con voz temblorosa.

Había pasado tanto tiempo desde que había hablado de mi familia que algo se abrió de par en par en mi interior ahora que estaba compartiendo esa tragedia con otra persona.

—Dios, Macy —dijo con voz ronca mientras me rodeaba con el otro brazo como si pudiera protegerme de alguna manera—. Lo siento muchísimo. ¿Cómo sobrevives a algo así? Yo perdí a mi padre y sentí que no iba a aguantar ese dolor. Pero eso no fue nada comparado con perder a toda tu familia.

Las lágrimas empezaron a correr libremente por mis mejillas. Ahora que había empezado, no iba a parar hasta que hubiera salido todo.

—Había días en que no estaba segura de si lo lograría, y luego había días en que me sentía adormecida porque ya no podía soportar el dolor. Fue duro, Leo. Aún lo es. Estábamos realmente unidos.

Una vez que lo solucioné todo en Newport Beach, no sabía si podría volver a mi residencia en San Diego, pero sabía que tenía que hacerlo. Mamá y papá me ayudaron con mi educación y querrían que siguiera adelante. Trabajaron duro para ayudarnos a Brandon y a mí con la universidad para que ninguno de nosotros nos graduásemos con una carga sobrecogedora de deuda de estudios. Papá tenía un pequeño servicio de fontanería y mamá era bibliotecaria, así que no estaban precisamente forrados. Me obligué a dejar Newport Beach y a volver a San Diego. Sabía que mis padres se sentirían decepcionados si no lo hacía, pero seguía tan conmocionada que durante un tiempo sentí que solo estaba actuando por inercia. Pasar tiempo con Karma, Nicole y Kylie eran prácticamente las únicas cosas que me mantenían cuerda. Por desgracia, Nic no estaba viviendo aquí en California cuando ocurrió y Kylie tenía sus propios retos entonces, así que mi principal confidente solía ser Karma.

—¿De manera que perderla a ella te ha recordado ese dolor de nuevo? —preguntó Leo con amabilidad.

Yo asentí.

—Me desahogaba con ella cuando necesitaba consuelo. Puede que sea una locura, pero a veces pienso que me entendía porque había sufrido mucho dolor ella misma.

—No es una locura. Te ayudó a sobrellevarlo. ¿Cómo lidias con el estrés de una residencia exigente y superas el dolor de perder a toda tu familia? —preguntó Leo con voz ronca.

Yo cerré los ojos y todo mi cuerpo se estremeció al recordar lo difícil que fue entonces.

—No estoy segura de que lidiara completamente con el dolor. Tuve que reprimir la mayor parte —expliqué—. Escapé en la dificultad de mi residencia, intentaba llenar cada momento del día para poder seguir en negación. Eso funcionó durante un tiempo, pero no hablar con mi familia día tras día estuvo a punto de acabar conmigo. Mis padres y yo estábamos en contacto todo el tiempo y

Brandon y yo éramos mejores amigos. Era mi hermano pequeño. Si no hablábamos, al menos nos escribíamos todos los días. Han pasado cinco años, pero todavía hay momentos en que entro en pánico porque de pronto me doy cuenta de que he pasado de ser parte de una familia feliz a estar completamente sola.

Él recorrió mis brazos de arriba abajo con las manos en un movimiento reconfortante.

—No sé cómo cojones te las apañaste —me susurró al oído con voz ronca—. La pérdida de un padre es aplastante. No sé cómo se lidia con perderlos a todos.

Yo me encogí de hombros.

—A veces la vida no nos da a elegir con qué tenemos que lidiar. Esa pérdida dejó huella y no se me dan bien las relaciones desde aquel día. No es que fuera fantástica con las relaciones románticas antes de eso, pero ahora soy un asco en las citas, Leo. Puede que no quiera que me importe nadie más porque sé que nada es para siempre. La felicidad es pasajera. Un día vuelas alto y al día siguiente el destino te quita todo y a todos los que quieres.

—Eso no es completamente cierto, Macy. La felicidad puede durar y puedes volar alto durante mucho tiempo sin estrellarte —dijo Leo en tono bajo y paciente—. Pero sé por qué te sientes como te sientes.

Emociones con las que no había lidiado en años se rebelaron en mi interior y contuve un sollozo.

Leo me alzó en su regazo y sostuvo mi cuerpo mientras yo apoyaba la cabeza contra su hombro y liberé la clase de pena que consume el alma de una persona. No habló. No intentó arreglar nada. Simplemente me sostuvo como si nunca fuera a soltarme mientras yo lloraba y empapaba su camiseta en lágrimas.

—Dios, lo-lo s-siento —tartamudeé a medida que los sollozos se apagaban—. He perdido la cuenta de cuántas veces te he hecho esto en los últimos días.

Leo me acarició la nuca con una mano agradable mientras acercaba la boca a mi oído y decía:

—Estoy aquí para ti siempre que necesites llorar. Has sido increíblemente fuerte, Macy, pero ya no tienes que estar sola.

Yo retrocedí y empecé a secarme las lágrimas de los ojos. No estaba segura de cómo había ocurrido, pero Leo Lancaster se había convertido en un lugar seguro donde caer. Probablemente porque nunca sería la clase que juzgaría o intentaría ignorar la pena de nadie.

—No hablo mucho de mi familia —le dije—. Es muy difícil hablar de ello, pero quería que lo supieras porque has sido increíble en estos días. Dios, las cosas nunca son tan emotivas para mí. Sé que probablemente es difícil para ti entender la conexión entre Karma y mi familia…

—No lo es —dijo con decisión—. Era tu confidente y tu consuelo cuando estabas fuera de quicio por la soledad y la confusión.

Yo asentí.

—La mayoría de la gente pensaría que está loca.

—La mayoría de la gente olvida que los humanos somos animales. Se supone que somos los más inteligentes de todos. Yo tengo mis dudas sobre eso a veces —farfulló secamente.

Me reí y me puse tensa al oír lo que sonó como la cadena de un baño en el vestíbulo principal de la preciosa casa de Leo.

—¿Pero qué…? —dijo Leo mientras sus brazos se estrechaban en torno a mí—. Juraría que era mi baño, pero aquí no hay nadie más.

Mis ojos salieron disparados al árbol donde había estado Hunter y después al vestíbulo principal cuando la cadena volvió a sonar otra vez… y otra.

«Sí. Es lo que pensaba».

—Hum… ¿Recuerdas cuando te dije que Hunter tenía unas cuantas peculiaridades? —le pregunté a Leo, el tono plagado de inquietud—. Probablemente lo primero de lo que debería haberte advertido era de su afinidad por el agua. Cualquier agua. Quiero decir que le gusta, le encanta cualquier tipo de agua. De hecho, le gusta tanto que tira de la cadena una y otra vez solo para mirar y sentirla arremolinarse si no bajas las tapas de los váteres.

Giré la cabeza para mirarlo a la cara mientras él procesaba lo que acababa de decir. Al principio, pareció incrédulo. Cuando el inodoro volvió a descargarse, pareció un poco atónito. Luego, cuando ocurrió una vez más, me percaté de que por fin lo creía. Leo Lancaster sonrió, echó la cabeza hacia atrás y dejó escapar la risa más gloriosamente divertida que jamás había escuchado.

CAPÍTULO 9

Leo

—ESTO ES ALUCINANTE, Leo. Todo. Es el lugar perfecto para un centro de conservación y esta zona de rehabilitación es enorme —dijo Macy con un enorme suspiro a medida que miraba el interior del centro de rehabilitación el sábado.

Yo la observé mientras inspeccionaba la gran instalación interior. Llevaba un atuendo informal con un par de *jeans,* sandalias y una camiseta blanca con un logotipo del zoo de San Diego e imágenes de pájaros con un gran koala en la parte delantera. Sonreí porque, evidentemente, coleccionaba camisetas de los lugares donde había ido o trabajado, igual que yo, que aquella mañana había optado por ponerme una camiseta gastada del zoológico de Chester con unos *jeans,* mi atuendo estándar cada vez que me dirigía al centro de conservación.

Mis ojos vagaron por las curvas redondeadas del trasero de Macy cuando se inclinó para mirar parte de nuestro equipo.

«¡Dios!», pensé. La tentación estaba justo ahí y era realmente difícil ignorar una vista provocativa como aquella.

—¡Miau! ¡Miau! ¡Miau!

Miré a Hunter con el ceño fruncido cuando me habló en su lenguaje felino. Evidentemente estaba intentando decirme qué pervertido era, y tenía razón.

—¿Qué esperabas que hiciera, colega? —pregunté mientras levantaba al gato y lo rascaba detrás de las orejas—. ¿Ignorar lo que estaba literalmente frente a mí?

Casi me sentí culpable cuando Hunter me lanzó una mirada intensa de ojos verdes, como si estuviera intentando decirme que no debería comerme con los ojos a Macy como si fuera un mirón.

—No es posible —gruñí—. Es demasiado guapa para ignorarla.

El gato siguió lanzándome lo que yo percibí como una mirada amonestadora y entonces me golpeó el hombro con la cabeza antes de lamerme el lado de la cara.

Durante las últimas veinticuatro horas, había aprendido a coexistir con el felino amante del agua. Al principio, esta obsesión con el agua me pareció ligeramente divertida, pero pronto me percaté de que sería necesario poner mi casa a prueba de Hunter justo después de que entrara al baño la pasada noche mientras me duchaba. Había encontrado la manera de meterse en la ducha conmigo fácilmente entrando por la parte superior del recinto. No solo había conseguido que me cagara de miedo, sino que también tuve que controlarlo antes de que decidiera usar mis bolas como un juguete para morder y deleitarse con el agua tibia como si estuviera allí para su disfrute.

«¡Dios!». El gato era peligrosamente listo. Mucho más inteligente que cualquier gato doméstico que había conocido nunca.

Ahora estaba dando una vuelta por la instalación con Macy con un arnés y no solo estaba bien entrenado con la correa para gatos, sino que también seguía sus órdenes. El único momento en que se pasaba de la raya era cuando se sentía tentado por el agua. Incluso entonces, Hunter conseguía parecer un poco avergonzado después de ser pillado jugando con el agua, pero eso no parecía desalentarlo de volver a hacerlo. El problema era que además era increíblemente cariñoso, así que era muy difícil disgustarse con el monstruo.

En serio, ¿era tan importante que tuviera que mantener la tapa del inodoro bajada cuando Hunter andaba cerca porque este no contribuía contra la situación de la sequía en California con su obsesión por tirar de la cadena?

No. No lo era. Tampoco era una tremenda molestia asegurarme de que la puerta del baño estuviera cerrada con pestillo cuando necesitaba ducharme.

Podía lidiar con Hunter. Sin embargo, aún no estaba del todo seguro de qué hacer con las revelaciones de Macy del día anterior. Lo que había experimentado era inimaginable para mí. Yo había perdido a mi padre, pero había tenido a mi madre y a mis hermanos para apoyarme cuando todos estábamos de luto. ¿A quién había tenido Macy? Sabía que Nicole y Kylie habían estado ahí para ella, pero por aquel entonces no estaban muy cerca geográficamente. Macy había perdido a toda su familia en un accidente. ¿Cómo debía sentirse el formar parte de una familia amante en un momento y completamente sola al siguiente?

Acaricié el suave pelaje de Hunter con la mano mientras observaba a Macy paseando de un lado a otro de las salas de tratamiento.

Sería absolutamente insoportable pasar lo que ella había pasado; sin embargo, aquí estaba, todavía sobreviviendo e increíblemente exitosa en su carrera. Era imposible que la experiencia no hubiera dejado parte de daño, pero el mero hecho de que se hubiera mantenido en pie y funcionando era un puto milagro para mí. Había conseguido sobrellevarlo arrojándose a ayudar a animales y sin lidiar completamente con la tragedia. Tal vez esa había sido la única manera de resistirse a su dolor, porque interiorizarlo todo de una vez probablemente la habría dejado destrozada e incapaz de funcionar.

«Desearía poder haber estado allí para protegerla», pensé. Como si tenerme cerca hubiera evitado que sintiera la desolación y la angustia de perder a su familia. No, aún se habría encontrado en un estado de luto agonizante, pero al menos habría habido alguien allí para abrazarla, para recordarle que no todas las personas a las que quería en su vida la habían dejado.

—¡Miau!

—Lo siento, colega —le dije a Hunter al darme cuenta de que había apretujado su cuerpo demasiado fuerte porque estaba pensando en la horrible experiencia de Macy.

Bajé a Hunter al suelo y dejé que arrastrara la correa mientras exploraba. Estábamos en el interior y, como el centro de rehabilitación estaba vacío, había muy pocos problemas en los que pudiera meterse el gato en ese momento.

—No cabe duda de que tendrás una variedad de especies que rehabilitar —dijo Macy mientras empezaba a caminar de vuelta hacia mí—. Esta zona y Palm Springs están muy cerca de muchos corredores de fauna y están rodeados de montañas. Osos, linces, pumas y otros grandes animales de presa son algunas posibilidades.

Yo asentí.

—También hay muchas especies en peligro en la zona del valle de Coachella, desde sapos y ranas a borregos cimarrones peninsulares. Evidentemente, nuestro objetivo será rehabilitar y poner en libertad a tantas como sea posible.

Macy me sonrió diciendo:

—Es un proyecto muy ambicioso.

Yo sacudí la cabeza.

—No tan ambicioso como mi instalación en Inglaterra. Los mayores desafíos se producirán en el primer año o así, cuando estemos instalando los hábitats para la cría en cautividad. Es caótico cuando estás estableciendo programas para más de una especie al mismo tiempo.

—Estoy muy emocionada de que estés implicándote en intentar recuperar los números de especies de lobo en peligro crítico —dijo Macy con entusiasmo—. ¿Serán mamíferos todos los animales de cría en cautividad?

—Aquí, sí —confirmé—. No estaremos organizados para nada más. La instalación es demasiado pequeña y también nos centraremos parcialmente en la rehabilitación. No asumiré más de lo que podamos hacer extremadamente bien.

—Muy sensato —dijo ella lanzándome una mirada de admiración que me hizo sentir como un puñetero dios.

Quizás nuestros primeros días juntos habían sido difíciles, pero rápidamente me había dado cuenta de que estar con Macy en circunstancias normales era la mejor sensación del mundo.

—Siento que no refrescara mucho para ti hoy —dije cuando ella recogió la correa de Hunter.

Ella me lanzó una sonrisa pícara al enderezarse.

—Conozco un lugar que es mucho más fresco —dijo ella con voz provocadora.

Yo levanté una ceja.

—Dímelo.

—Suele hacer mucho más fresco cuando estás por encima de los dos mil quinientos metros. ¿Ya has subido en el funicular? —preguntó.

«¡Brillante! Debería haber pensado en eso yo mismo».

—He oído hablar de él —confesé—. Pero aún no he tenido oportunidad de subir.

Ella encogió la nariz de manera adorable.

—Es tremendamente turístico, pero deberías ir al menos una vez.

—¿Tú has ido? —pregunté con curiosidad.

Ella asintió.

—Varias veces, pero no he montado desde hace años. La última vez que monté estaba allí con mi familia.

«¡Joder!». Detestaba incluso la ínfima cantidad de melancolía que se deslizó en su mirada.

—¿Estás segura de que quieres hacerlo? Lo último que quiero hacer es traerte recuerdos dolorosos, Macy.

Ella sacudió la cabeza.

—No son recuerdos tristes, y tal vez sea hora de que hable de ellos. Eran tiempos felices y también he ido con amigos. A mi padre le encantaban todas las cosas cursis de turistas y nosotros lo adorábamos por ello. Nos divertíamos mucho buscando trampas de turistas. Creo que Brandon y yo teníamos un récord de niños que visitaron Disney y todos los demás parques temáticos la mayor parte del tiempo de niños.

Rodeé su cintura con los brazos cuando salíamos del centro de rehabilitación porque no pude contenerme. Quería estar cerca de ella por si podía ayudar a llenar el vacío que debía de sentir en ocasiones. Me mataba pensar en Macy sola y sufriendo, pero sabía que allí era exactamente donde había estado muchas veces durante los últimos cinco años. Ella había hablado de necesitar seguir en negación hasta cierto punto. Evidentemente necesitaba desahogar un poco de su pena durante un largo periodo de tiempo para que no estallara toda a la vez, lo cual habría sido insoportable.

—¿Cuántas veces? —pregunté ya que parecía casi contenta de revivir algunos de sus mejores tiempos con su familia ahora.

Ella se encogió de hombros.

—Perdí la cuenta después de veinticinco, pero fuimos muchas. Así que, si te animas al funicular nos prepararé la comida y podemos explorar cuando lleguemos a la cima. Tendremos que parar en tu casa y tendrás que prestarme una sudadera. No tenía previsto necesitar ropa cálida.

Sonreí de oreja a oreja al ver su cara. Casi podía oír los engranajes de su cerebro girando mientras planeaba rápidamente la excursión improvisada.

—Supongo que no nos podemos llevar a Hunter —cavilé.

—No puede montar en el funicular. Tendrá que quedarse atrás en esta excursión. Ten cuidado —me advirtió en tono burlón—. Voy a empezar a pensar que te gusta, aunque estuvo a punto de arañarte las pelotas.

Yo levanté la ceja.

—Ah, así que te parece gracioso, ¿eh?

Ella soltó algo que sonó sospechosamente como una risita.

—En realidad, sí. No puedo evitarlo. Es algo de lo que nunca tuve que preocuparme la primera vez que se coló en mi ducha.

«¡Santo Dios!». Imaginar cómo se vería esa ducha era lo último que necesitaba hacer, pero deseé su cuerpo curvilíneo envolviéndome desnudo tan desesperadamente que no pude evitar que mi mente fuera allí.

La detuve de un tirón, la envolví con el otro brazo y la atraje para que me mirara cuando llegamos a la sombra de un árbol.

—Resulta que estoy muy encariñado con las joyas de la corona, mujer —le dije con un gruñido fingido.

Ella levantó el rostro hacia mí con una mirada inocente.

—Seguro que sí. Por desgracia, parece que a Hunter también le parecieron bastante fascinantes.

—Es un peligro —pronuncié en tono de broma.

—Te gusta —me acusó ella.

—Culpable —admití acercándome más y sujetándola entre mi cuerpo y el tronco del árbol—. ¿Cómo puede no fascinarme un gato que puede jugar a buscar la pelota, pasear con correa y tirar de la cadena? Por cierto, hiciste un trabajo fantástico entrenándolo.

Ella se encogió de hombros.

—Yo no fui responsable del truco del baño. Eso lo descubrió él solo, y no fui solo yo. Tuve ayuda.

Estaba empezando a darme cuenta de que su respuesta era típica de Macy. Raramente se atribuía todo el mérito de nada de lo que hacía o conseguía.

Apoyé una palma sobre el árbol por encima de su cabeza y la miré a los bonitos ojos. Las sombras seguían ahí, pero eran de un gris más claro del que estaban cuando esperaba la muerte de Karma. Parecía más feliz y mucho más cómoda. Parecía… la mujer más atractiva que había visto nunca.

—Voy a besarte si no me detienes —le advertí con voz ronca.

Ella puso una mano en mi pecho, pero no me apartó.

—Leo, ya sabes que no se me dan bien las relaciones. Incluso antes de perder a toda mi familia, estaba tan incómoda en las citas que era ridículo. No he tenido un novio serio desde mis años de universidad y hace casi el mismo tiempo desde que he tenido sexo. Sin embargo, todavía quiero que me beses y no estoy segura de qué hacer al respecto.

El corazón me golpeaba el pecho al ver la manera en que me devoraba con los ojos. Ella lo deseaba. Lo necesitaba. ¡Y vaya! Yo quería darle a Macy Palmer todo lo que quería y más.

—¿Te he pedido nada? —inquirí.

Ella sacudió la cabeza diciendo:

—No.

—¿De verdad crees, después de lo que me dijiste, que empezaría a pedirte nada?

Macy tragó saliva.

—Probablemente no.

—Entonces, ¿por qué estás tan preocupada? Quiero robarte un beso. Eso es todo. Por ahora —dije con voz ronca.

De acuerdo, tal vez quisiera mucho más de ella, pero no era un completo imbécil. No iba a pedir más de lo que podía darme ahora mismo.

Rápidamente envolvió mi cuello con los brazos y tiró de mi cabeza hacia abajo.

—Vale —dijo sin aliento—. Entonces roba todos los besos que quieras.

Sonreí ante su entusiasmo al zambullirme para robar sus labios, y luego los saqueé durante mucho más tiempo del que debería. Era increíblemente dulce y, cuanto más saboreaba, más quería. Macy Palmer me hacía sentir cosas que no había sentido desde que era un adolescente, y no estaba seguro de si eso me gustaba. No tenía prácticamente ningún control cada vez que la tocaba. Ella dejó escapar un pequeño gemido contra mis labios, y mi miembro se puso duro como una roca al instante, listo para satisfacerla.

«¡Joder!».

Tuve que obligarme a liberar sus labios para que ella pudiera respirar hondo y yo pudiera recobrar la compostura. Era un puro infierno dejarla marchar porque sabía que ella me deseaba tanto como yo a ella. La sostuve hasta que dejó de jadear contra mi hombro y después di un paso atrás y la liberé.

Dejé caer la cabeza contra su hombro mientras refunfuñaba:

—Será mejor que me lleves a un sitio más fresco después de eso, mujer.

Ella rio ligeramente, como una maldita seductora, y al instante decidí que cada momento de mi tortura actual merecía la pena totalmente.

CAPÍTULO 10

Macy

—VOY A TERMINAR completamente mimado —declaró Leo mientras extendía más salsa de feta en un chip de pita—. Es el mejor almuerzo que he comido en mucho tiempo.

Con la tripa completamente llena, me estiré en la manta grande que habíamos extendido a un lado del sendero cerca de la cima de las montañas de San Jacinto. Habíamos subido en funicular y caminamos durante un rato antes de encontrar un lugar donde engullir la comida que había preparado apresuradamente en casa de Leo.

—Pues es obvio que estás privado —dije con una risita—. No he tenido tiempo precisamente de preparar una comida *gourmet.*

Sabía por experiencia previa que el bar de aperitivos y bocadillos en la cima de la montaña no tenía comida muy apetitosa. Había preparado algo en casa de Leo después de hacer una parada rápida en el supermercado.

—No importa —me dijo—. Nadie me prepara nunca la comida, y esto está fantástico.

«¿Nadie le ha hecho nunca la comida? ¿Cómo es posible? ¿No tienen la mayoría de los multimillonarios un chef de alguna clase?».

Sabía que la madre de Leo tenía personal en su finca en Inglaterra, pero por lo visto Leo no pasaba mucho tiempo allí.

—¿No tienes a alguien que cocine para ti? —pregunté.

Él tragó saliva y tomó agua antes de responder:

—Nunca. Mi horario es impredecible. O bien meto algo en el microondas o simplemente pido *takeaway.*

Yo sonreí ante su uso del localismo británico para la comida para llevar.

—Metí un poco de preparado para galleta en el horno, rellené unos panecillos de ensalada de huevo e hice una salsa de feta, lo cual me tomó unos cinco minutos. Como ocurrencia tardía añadí un poco de fruta para compensar las galletas. No es exactamente comida *gourmet.*

Leo se encogió de hombros.

—Es especial para mí. Gracias por prepararla y por pensar una manera de refrescarnos. Esto es increíble.

Yo suspiré. Dios, era tan fácil de agradar y tan considerado. No se me ocurría ni un solo chico en mi pasado que me habría dado las gracias por preparar un poco de comida.

—A mi madre le gustaba cocinar y hacer repostería —compartí, sorprendida de sentirme tan cómoda por contarle cosas de mi familia a Leo—. Pero tenía un trabajo ajetreado, así que no siempre tenía tiempo para pasarlo en la cocina. Aprendí mucho de ella sobre cómo preparar una comida decente sobre la marcha.

—¿Y tu padre? —preguntó Leo.

Yo sonreí.

—Le gustaba comer, así que ayudaba con los platos. Todos lo hacíamos.

Leo empezó a meter los recipientes de comida en la mochila que habíamos traído.

—Sin duda yo lavaría los platos —confesó—. No soy bueno en la cocina. Lo único que consigo preparar son las tortitas británicas. Y el único motivo por el que sé cocinarlas es porque mis hermanos y yo las hacíamos con nuestros padres. Era algo que hacíamos en familia, pero por lo demás teníamos una cocinera que nos hacía la comida a diario. Desde luego, éramos unos privilegiados.

Sonaba tan culpable que yo contesté.

—Eso no tiene nada de malo si tienes el dinero para contratar a alguien. Tu padre era un duque multimillonario con una corporación enorme y tu madre aún parece tener un millón de cosas que hacer todos los días para sus organizaciones benéficas. Estoy segura de que el tiempo era dinero en tu casa y de que era mucho más fácil tener a alguien que hiciera las pequeñas cosas que llevan tanto tiempo. Solo estoy sorprendida de que no tengas a alguien que cocine para ti ahora.

Él abrió la cremallera de su mochila y sacó su agua mientras respondía.

—En realidad nunca he tenido casa propia. La de Palm Springs es la primera. Mi centro de conservación en Inglaterra tiene una zona con dormitorios, ya que el personal tiene que quedarse en ocasiones si ocurre algo crucial. Yo me quedo allí cuando estoy en el centro. Si estoy cerca de la ciudad, estoy allí para ver a mamá, así que me quedo en la finca. Alquilar es una opción si tengo que permanecer una temporada en algún sitio. Por lo común, estoy viajando. Simplemente nunca le he visto el sentido a tener una casa en propiedad hasta ahora.

Mis ojos se abrieron como platos.

—¿Por qué ahora?

Leo sonrió y mi corazón dio saltitos de alegría ante esa sonrisa pícara.

—Ya soy mayor —respondió—. Sé que mi residencia principal estará aquí durante una temporada y estoy empezando a bajar el ritmo con los viajes. Estaría bien dormir en una cama de verdad más a menudo. Seguiré enviando a mi equipo a explorar, pero no siempre tengo que estar con ellos. Este centro de conservación es importante para mí y también me gustaría pasar más tiempo en el de Inglaterra. Tengo buen personal, pero hay un límite a lo que pueden autorizar en mi ausencia. He perdido oportunidades de ayudar por estar tanto tiempo fuera de contacto.

Nunca me había parado a pensar en lo incómodo que había sido para Leo dormir en el bosque… o en una selva… o en las montañas… o en lugares tan remotos que pudiera encontrar animales extintos que aún existieran. Sí, parte de ello podría ser emocionante, pero él ya había reconocido que era solitario.

—Me gustaba acampar cuando era más joven —confesé—. Pero no creo que sea algo que querría hacer constantemente.

Leo se encogió de hombros.

—Supongo que solo me he acostumbrado porque va con el trabajo si quiero ir donde vive la fauna en peligro.

Yo sacudí la cabeza mientras lo miraba.

—Eres alucinante, Leo.

Y, vaya, realmente era increíble.

¿Cuántos hombres ricos renunciarían a una vida muy acomodada para perseguir su pasión de la fauna salvaje?

Yo había conocido a bastantes zoólogos, biólogos de fauna salvaje y veterinarios de especies exóticas. Estaba dispuesta a apostar a que muy pocos de ellos estaban listos para lidiar con las condiciones incómodas necesarias para hacer lo que Leo llevaba años haciendo.

Él sonrió de oreja a oreja.

—Creo que eres la única que lo piensa. Todos los demás creen que estoy loco de remate.

Yo junté el índice y el pulgar mientras decía:

—Puede que ahí también haya un poco de loco.

Él negó con la cabeza.

—Demasiado tarde. Ya has profesado que soy increíble. Me quedo con esa opinión.

Yo me eché a reír. No pude contenerme. Leo era tan gracioso como guapísimo.

—¿Echarás de menos estar fuera en el campo todo el tiempo? —pregunté.

—La mayor parte del tiempo, no —me dijo—. Lo único que echaré de menos es encontrar un poco de esperanza de que no hemos conseguido aniquilar por completo a una especie. Estoy seguro de que habrá ciertos casos que querré investigar personalmente, pero el trabajo que estoy haciendo por la conservación aquí y en el centro de Inglaterra también es importante. Nada termina en el campo cuando encontramos pruebas de que existe una especie. Eso solo es el principio. Prosigue con el trabajo duro que ha de hacerse a diario para salvar a esa especie.

Tenía razón. Una vez que se reconocía a una especie en peligro crítico, había mucho más que hacer que encontrarla en la naturaleza.

—Estoy impaciente por ver todo lo que pasa aquí —dije emocionada—. También tiene que ser gratificante estar implicado en los programas de cría en cautividad.

Leo se encogió de hombros.

—Cuando funcionan. Tú y yo sabemos que a veces hay más fracasos que éxitos cuando se trata de cría en cautividad. Sobre todo cuando quieres reintroducirlos en la naturaleza. Unas veces es vivificante y otras es aplastante para el alma.

Yo asentí.

—Me lo imagino. Supongo que son las historias de éxito las que te hacen continuar.

—Siempre —dijo rotundamente—. Una historia de éxito compensa unos cuantos fracasos.

—Lo entiendo —convine—. Una vida animal salvada es suficiente para levantarme después de perder otra. Hacemos lo que podemos, ¿verdad? Y marca la diferencia.

Él dio un trago de agua antes de decir:

—No estaríamos haciéndolo si no creyéramos que marcamos la diferencia.

—Me alegro de que estaré cerca para ver crecer tu centro —dije con franqueza.

Leo frunció el ceño e inspiró hondo.

—Macy, en realidad quiero hablar contigo del centro de aquí.

—¿Hay problemas? —pregunté, preocupada.

—No. No quiero hablarte de problemas. Supongo que he estado intentando, sin demasiado éxito, tantear cómo responderías a una oferta de empleo. Voy a necesitar una Directora Médica Veterinaria. Dijiste que buscarías un desafío. Me pregunto si ese trabajo se ajusta a tus criterios.

Yo miré a Leo boquiabierta, muda del asombro momentáneamente.

Solo había dos centros de conservación Lancaster en todo el mundo, y Leo Lancaster acababa de preguntarme si me interesaría ser la directora médica de uno de ellos. Totalmente. Sin palabras. Era la clase de trabajo para el que esperabas estar cualificada con el tiempo, tras unas décadas de carrera profesional. Sí, era veterinaria de animales exóticos. Tenía esas cualificaciones. Sí, había hecho una residencia realmente impresionante que me había proporcionado un montón de experiencia con las distintas clases de fauna. Sin embargo, toda la experiencia que adquirí con los programas de cría en cautividad en el zoológico había estado fuertemente supervisada por un veterinario senior porque yo no tenía experiencia en cría en cautividad. Sí, también había estado practicando durante unos años en un refugio de grandes felinos muy respetado. Pero, joder, nada podría haberme preparado para esta oferta de empleo.

Trabajar para el centro de conservación vanguardista y prestigioso de Leo sería el trabajo de ensueño de cualquier veterinario zoológico, y yo sabía que había veterinarios de fauna exótica mucho más cualificados que yo.

—L-Leo —tartamudeé—. Ni siquiera sé qué decir. Dios, no se me ocurre ningún veterinario de animales exóticos que rechazaría tu oferta. Todo lo que haces está a la vanguardia de la tecnología y la medicina veterinarias. Pero no tengo la experiencia que necesitas. Nunca he estado muy involucrada en un programa de cría en cautividad.

—Eso es exactamente lo que dijo Jaya, mi directora médica, cuando le ofrecí el mismo puesto en el centro de Inglaterra. Tenía tu edad, Macy, con una formación parecida. Fue una de las mejores decisiones que he tomado nunca. Sí, hay cierta información sobre la cría en cautividad transversal a todas las especies, pero en casi todo, cada vez que recibes una nueva especie que criar, estás aprendiéndolo todo de nuevo. Todas y cada una de ellas son diferentes. Los hábitos de cría son distintos. Cuando acepto una nueva especie para la cría en cautividad, eso viene con expertos que forman a mi gente sobre esa cría en particular hasta que el personal se encuentra cómodo manejando las cosas sin los expertos cerca. Puedo traer a Jaya para que te ayude hasta que te sientas más cómoda si crees que eso ayudaría. Creo que ella estaría encantada de hacerlo. Además de la destreza, la única cosa que es esencial para el puesto es la pasión. Tú tienes eso. Serías un añadido increíble al equipo de aquí y estarías conmigo en todas las entrevistas para tu personal de apoyo. Una vez que estés cómoda, dudo que necesites mi aporte.

—¿Qué hay del centro de rehabilitación? —pregunté, aún atónita.

—Tú lo supervisarás puesto que serás la directora médica del centro, pero contrataremos personal para la gestión diaria. La mayoría de tu tiempo y tus responsabilidades se dedicarán a los animales en los programas de cría en cautividad, y por favor, has de saber que no lo estarás haciendo sola. Hace falta un equipo entero para cada especie.

La cabeza me daba vueltas para cuando dejó de hablar. Quería gritar de emoción y decirle que por supuesto aceptaría el trabajo. Pero… vacilé. Quería estar segura de que no lo decepcionaría.

—¿Puedo tomarme un tiempo para pensármelo? ¿Y te importaría que hable con Jaya solo para hacerme a la idea de sus responsabilidades?

Él asintió.

—Por supuesto. Yo no soy veterinario, así que no puedo darte la perspectiva de un veterinario sobre cómo es el trabajo.

Le lancé una mirada anhelante.

—No me entiendas mal, quiero aceptar, Leo. Caray, cualquier veterinario querría aceptar este empleo. Solo quiero asegurarme de que soy adecuada para el puesto.

—Si no creyera que lo eres, no te lo habría ofrecido —dijo Leo en tono solemne—. No voy a mentirte y a decir que no me siento atraído por ti, pero eso no tiene nada que ver con esta oferta de trabajo. Tómate tu tiempo y asegúrate de que es buena para ti. Tenemos un mes o dos antes de que tengas que acudir al centro todos los días, pero necesitaría una respuesta antes de eso para que podamos empezar a trabajar en contratar más personal. Sé que tendrás que dar preaviso al santuario.

—Ya lo he hecho —dije en voz baja—. Llamé al director y le hice saber que me marchaba a finales de la semana que viene. Él contrató a mi reemplazo hace unos meses después de que le dijera que me marcharía una vez que Karma nos dejara. Le parece bien. Está preparado. Ya sabía que me iría desde hace meses y entiende lo difícil que sería para mí quedarme allí ahora que Karma no está. Sabe que quiero seguir adelante y utilizar más destrezas en otro lugar.

—¿Vas a volver al santuario el lunes? —preguntó Leo, la voz preocupada—. ¿Estarás bien?

—Estaré bien. Tendré importantes decisiones que tomar que me distraerán —le dije con una pequeña sonrisa—. Creía que estaría buscando trabajo, pero quizás no…

—Puedes empezar antes si necesitas la nómina, pero tu presencia no será crucial inmediatamente —me ofreció.

—Estoy bien —compartí, conmovida de que tuviera en cuenta mi situación económica. La mayoría de la gente tan acaudalada como él probablemente no lo haría—. Mis padres no eran ricos, pero ingresé algo de dinero una vez que vendí la casa de mi infancia y he podido ahorrar mientras estaba en el santuario. Era afortunada de haber terminado la universidad sin deudas de estudios. Estaba lo bastante cómoda para dejar el santuario sin otro empleo. Necesito trabajar, pero tengo tiempo. Sinceramente, creo que me sentaría bien tomarme un poco de tiempo libre. Hoy me ha recordado lo divertido que es tomarse un poco de tiempo para relajarse de vez en cuando.

Había estado intentando correr más rápido que mi dolor y mi pena durante tanto tiempo que de hecho había olvidado cómo bajar el ritmo.

Por primera vez, también reconocía el hecho de que podía hablar de los buenos tiempos con mi familia sin experimentar el dolor cegador de su pérdida.

—Estaría eufórico si te interesara pasar parte de ese tiempo libre conmigo —dijo esperanzado.

Estar con Leo Lancaster estaba volviéndose adictivo, y era un hábito que no quería abandonar en realidad, así que contesté:

—Si tienes un poco de tiempo libre, no se me ocurre ningún otro sitio donde preferiría estar.

CAPÍTULO 11

Leo

MACY: «CREO QUE Hunter te echa de menos. Ha estado haciendo enfadado toda la semana. Te odio por darle filetes para comer y dejarlo jugar con el agua del grifo».

Sonreí de oreja a oreja al mirar el mensaje de Macy porque sabía que bromeaba.

Leo: «Tráetelo este fin de semana y lo enderezaré. ¿Qué tal está yendo todo en el santuario?».

«¡Madre mía!». Extrañaba su bonito rostro y solo habían pasado unos días desde que se marchó el domingo pasado.

Ahora era miércoles por la noche y yo había estado tumbado en la cama deseando con todas mis fuerzas que estuviera allí cuando ella escribió. Estábamos en contacto todos los días, o por teléfono o por mensaje. Hasta ahora, había dicho que estaba bien en su última semana en el santuario, pero yo seguía preocupado por ella. Dudaba que le resultara fácil ver el recinto vacío de Karma y no sentirse deprimida al respecto.

¿Cómo no iba a estarlo?

Macy: «Ha sido un día largo. Uno de nuestros leopardos ha estado enfermo, pero ahora está mejor».

Leo: «¿Cómo estás tú?».

Macy: «Aguantando».

Leo: «Pensaré en alguna manera de hacerte sentir mejor cuando vengas este fin de semana.

Macy: «Leo, he estado pensando en esto y no estoy segura de que sea buena idea que vaya allí todos los fines de semana».

Ah, no, ni hablar. No podía echarse atrás conmigo ahora. Evidentemente, estaba dándole demasiadas vueltas y se había convencido de no pasar parte de su tiempo libre conmigo.

«Eso no va a pasar, guapa».

Hice clic en su número y la llamé.

—¿A qué te refieres con que no es buena idea pasar todos los fines de semana juntos? A mí me parece una idea excelente. Los días de diario, también, de hecho —le dije en cuanto respondió.

Macy suspiró.

—Solo tengo mucho en que pensar y no quiero que sientas que tienes que entretenerme todo el tiempo.

—No lo siento —dije sin rodeos—. Soy yo quien te pidió que pasaras un poco de tiempo conmigo, ¿recuerdas? Te quiero aquí, pero si estás cansada de conducir, iré a buscarte. No importa, de verdad.

Quería estar con ella. Y punto. No me importaba una mierda cómo fuera.

—No es eso —discutió ella.

—Entonces, ¿qué es? Porque sin duda no soy yo quien no quiere verte —farfullé.

Joder, después de los condenados besos que habíamos compartido, ya debería saber que quería pasar el máximo tiempo posible con ella.

Y no se trataba únicamente del hecho de que deseaba su cuerpo curvilíneo. Sí, quería desnudarla, pero había más que sexo en nuestra relación incipiente…

—Hablamos de esto —respondió ella—. Se me dan fatal las relaciones, y ahora que podría convertirme en tu empleada las cosas son realmente confusas. Hablé con Jaya. Te elogio como jefe y tienes razón. Su formación era parecida a la mía cuando empezó en el centro en Inglaterra. Dijo que la apoyaste a cada paso del camino hasta que sintió que encajaba en el puesto.

—Entonces, ¿te inclinas por aceptar el trabajo?

Dios sabía que aquello era lo que yo quería, pero no me había dado cuenta de que ofrecerle ese empleo haría que dudase acerca de explorar la loca conexión y química entre nosotros dos.

No es que no le hubiera ofrecido el puesto independientemente de cómo me sintiera, pero quizás no había elegido el momento más oportuno.

Ella soltó un fuerte suspiro.

—Me pensaré mucho lo del empleo en cuanto termine esta semana en el santuario.

Sabía que tenía demasiadas cosas entre manos y no quería presionarla, a pesar de que esperaba que aceptase el puesto.

—Me parece bien —le dije—. Pero ¿qué tiene que ver el empleo con nosotros?

—Si salimos, eso añade toda clase de conflictos a la mezcla, Leo —dijo en voz baja.

—No, no lo hace —le dije en tono tenso.

No iba a ser su supervisor directo que pudiera criticar sus destrezas. Aquello no era posible, ya que yo no era veterinario de animales exóticos. Ella era profesional a un nivel completamente distinto.

—Lo hace —razonó ella.

—¿Quién ha dicho que estaremos saliendo? —pregunté.

Íbamos a tener citas y ojalá más después de eso, pero yo estaba dispuesto a intentar casi cualquier cosa a estas alturas. Siempre y cuando terminásemos juntos, podía llamarlo lo que quisiera.

Ella resopló.

—¿Cómo lo llamarías tú? Me metiste la lengua hasta la garganta.

«¡Dios!». Como si no me acordara de eso.

La lengua no era lo único que deseaba meterle desesperadamente. De hecho, nuestros besos habían sido bastante anodinos comparados con mis fantasías sobre Macy. Lo cierto es que no era solo la química sexual entre nosotros lo que yo quería explorar. Había algo más con Macy, un vínculo que nunca había experimentado...

—Disfrutamos de la compañía el uno del otro —insistí—. Nos gusta estar juntos.

—Sí —convino ella de buena gana—. Estamos saliendo, Leo. Es imposible que te desee como lo hago y que no esté saliendo contigo. Esto no se parece en nada a salir con un amigo. No para mí.

Yo me recliné contra el cabecero de la cama.

—Tampoco para mí, cariño. ¡Espera! ¿Me deseas? ¿Por qué no te he oído decirme eso antes?

—Porque no es algo que una mujer le diga a un hombre al que apenas conoce —respondió ella sonando exasperada—. Pero no voy a mentir, eres mi fantasía número uno ahora mismo.

—Me gustaría ser la única —dije con voz ronca—. ¿Te importaría compartir esas fantasías?

—¡No! —respondió ella a toda prisa.

—¿Te gustaría escuchar las mías? —pregunté con voz sensual.

—¿Sobre mí? —preguntó ella con voz de pito.

—Sí.

—Desde luego que no —espetó en respuesta—. Me volvería completamente loca. Leo, por eso es por lo que probablemente no deberíamos vernos todos los fines de semana.

Sonreí porque sonaba muy nerviosa. —¿Porque no podrás quitarme las manos de encima? ¿De verdad crees que me importaría?

—¿Dejarías que te tocara como quisiera? —dijo ella sin aliento.

«¡Joder!». La nota esperanzada en su voz estuvo a punto de acabar conmigo.

Unos segundos después, añadió:

—Olvida que acabo de preguntarte eso.

—No puedes retirarlo sin más —le dije—. Es la oferta más *sexy* que he oído en años.

Ella resopló.

—Soy la mujer menos sensual del planeta —me informó—. Nunca he sido una chica femenina, Leo. Era una marimacho desde que aprendí a andar y a hablar. Soy básicamente alérgica a los vestidos a menos que sea absolutamente necesario y la mayor parte del tiempo huelo como los animales que trato. A menos que cuentes mi ropa interior, que nadie ve nunca, no soy nada *sexy*.

Yo tragué saliva.

—¿Tu ropa interior?

—Me gusta la ropa interior realmente buena, bonita y femenina —dijo con lo que pareció una admisión reticente—. Dios, no puedo creer que acabe de contarte eso. No la uso todos los días porque sería imposible comprar suficientes conjuntos caros para llevarlos a diario. Es algo que hago cuando no... me siento bien conmigo misma o cuando necesito aliento. No me pongo vestidos. No tengo el tipo de empleo profesional donde llevo un bonito conjunto todos los días y termino cada jornada de trabajo oliendo como mis pacientes la mayor parte del tiempo. Así que llevo un bonito conjunto de lencería cuando sé que será un día duro. No me juzgues. Solo es una manía rara.

Guardé silencio un momento mientras captaba esa información.

—Joder, claro que no pienso juzgarte. Cualquier cosa que te haga sentir bien funciona para mí. Solo quiero un aviso la próxima vez que vayas a usar esa lencería para mejorar tu estado de ánimo ese día. Mi mente se ha vuelto completamente loca y tengo el pene tan duro que casi es insoportable.

—Mis únicos días *sexys* son cuando llevo un bonito conjunto de ropa interior y eso no sucede a menudo —dijo como si sus palabras fueran una advertencia.

Como si mi verga no fuera a ponerse dura cada vez que la viera, con bragas sensuales o sin ellas.

—No, no son tus únicos días *sexys*, discrepé con voz ronca—. Eres preciosa todos los días, Macy. ¡Joder! ¿Nunca te miras al espejo? No importa lo que lleves puesto. Eres absolutamente despampanante.

Ella guardó silencio un momento antes de decir:

—Estás completamente loco.

—Si lo estoy, tú me has vuelto así —me quejé—. Ahora, dime que vamos a vernos este fin de semana. Te echo mucho de menos.

—Yo también te echo en falta —respondió con tristeza—. Pero no bromeaba cuando dije que no tengo relaciones, Leo. Se me daban fatal incluso antes de que murieran mis padres, pero después de que ellos y mi hermano se fueran, simplemente dejé de intentarlo. ¿Qué sentido tiene? Nada es para siempre y es doloroso querer tanto solo para que te arranquen algo o a alguien que te importa.

«¡Joder!».

Lo que Macy había estado intentando decirme finalmente me golpeó la cabeza como un mazo. No se trataba de que no tuviera relaciones serias. Se refería a que no podía mantener relaciones íntimas porque la aterraban. Perder a su familia había dolido tanto que estaba aterrorizada de querer tanto a alguien nunca más. Por mi parte, dudaba que ella fuera totalmente consciente de cuáles eran sus motivaciones, pero yo las veía.

—Lo entiendo —dije—. Podemos tomárnoslo con calma, Macy. De acuerdo, puede que estemos saliendo, pero no hay razón por la que tengamos que apresurarnos para hacer nada. ¿No podemos simplemente pasar tiempo juntos y ver dónde va?

Yo quería mucho más que eso, pero me conformaría con lo que ella pudiera manejar ahora mismo.

Macy Palmer había perdido a toda su familia de una vez; una catástrofe que habría dejado a la mayoría de las personas destrozadas. Sin embargo, se había levantado y había seguido adelante porque sabía que eso era lo que su familia habría querido.

De acuerdo, ella había estado intentando dejar atrás ese dolor durante años manteniéndose incesantemente ocupada y sin entablar ninguna relación nueva, pero había sobrevivido usando esos mecanismos de afrontamiento, por lo que difícilmente podía criticar sus métodos. Dudaba que la mayoría de la gente fuera a seguir siendo tan funcional y cálida como ella después de sufrir una pérdida tan aplastante para el alma.

Aunque entendía por qué no quería que le importase nadie ni nada nuevo en su vida, el hecho de que hubiera adoptado a Hunter hacía no mucho tiempo me daba esperanzas de que yo podría tener una oportunidad. Solo tendría que ser paciente y persistente. No me importaba cuánto tardara en dejar marchar esos viejos miedos. Estaba resuelto a estar allí cuando lo hiciera.

—Aún tendremos el problemilla de que seas mi jefe potencial.

Sonreí de oreja a oreja porque me daba cuenta de que empezaba a considerar seriamente el volver a Palm Springs.

—Aún no has aceptado el trabajo y supongo que no lo harás en los próximos días —le dije—. No hay conflicto con que vengas este fin de semana.

Me resistiría a su argumento sobre salir con el jefe después de que aceptara el puesto. En realidad no sería un gran problema.

Ella soltó un largo suspiro.

—Vale, allí estaré. Solo recuerda que ya te he advertido que las relaciones se me dan fatal.

Mi sonrisa se ensanchó ante su tono contrariado.

—Decididamente me lo has advertido varias veces. Procederé bajo mi propia responsabilidad encantado.

Tal vez no hubiera aceptado mi invitación con tanto entusiasmo como yo habría preferido, pero lo único que importaba realmente era el hecho de que terminaría conmigo el viernes por la noche.

CAPÍTULO 12

Macy

AUNQUE SABÍA QUE probablemente no debería, terminé pasando las dos semanas siguientes con Leo. Y no solo los fines de semana. Me había convencido de que como no estaba trabajando, podíamos ir a ver todo lo que había en la zona de Palm Springs mientras teníamos la oportunidad. En realidad, el tiempo pasó volando mientras hacía de guía turística de Leo, enseñándole los lugares en los que había estado en Palm Springs y los alrededores.

A cambio, él había insistido en llevarme a algunos restaurantes buenísimos por las noches. Una cosa que abundaba en Palm Springs eran lugares alucinantes para comer.

Incluso habíamos vuelto unos días a Newport Beach para poder hacer una excursión al mar a bucear. Yo no era tan experta como Leo, pero conseguí seguir su ritmo.

Dejé que me robara muchos más besos, pero Leo no presionó para nada más que esas sesiones de morreo apasionadas que habíamos compartido. En cierto modo, eso facilitó que pasara más tiempo con él de lo que había planeado, pero también dificultaba las cosas.

Deseaba a Leo Lancaster como nunca había deseado a ningún hombre en toda mi vida. Era simplemente impresionante. No se me ocurría ninguna otra manera de describirlo. Era guapo y perfecto, lo cual debería haber resultado intimidante, pero no lo era porque Leo parecía pensar que distaba mucho de ser imperfecto. Era ajeno a todo lo que lo hacía tan increíblemente atractivo. No parecía importarle que sus brillantes ojos azules pudieran llegarme al alma cada vez que me miraba ni que su rebelde pelo rubio ondulado tuviera ideas propias, lo cual hacía que pareciera un dios del sexo que acababa de caerse de la cama. Tampoco parecía importarle tener un cuerpo que hacía que las mujeres lo mirasen dos veces en cualquier sitio al que íbamos. Sencillamente, él no se daba cuenta.

Tal vez hubiera chicos que fingían ser modestos, pero Leo de verdad no se daba cuenta en absoluto. Probablemente porque solía estar concentrado en cosas que no tenían nada que ver con su aspecto físico.

Dejé escapar un suspiro silencioso mientras lo observaba trabajar en su portátil en el extremo opuesto del sofá en su casa de Palm Springs. Era interesante lo cómodos que podíamos estar coexistiendo en el mismo espacio. Ese vínculo entre nosotros se había fortalecido, pero yo sentía que aún estábamos aprendiendo a manejarlo. Ya eran raras las ocasiones en las que cuidaba mis palabras con Leo, y sabía que él también sentía que podía hablar conmigo de casi cualquier cosa.

Leo había estado recopilando algunos artículos sobre su trabajo, y yo había estado haciendo una investigación independiente. Los dos podíamos pasarnos horas trabajando en su salón y estar contentos de encontrarnos en el mismo espacio. En ocasiones, yo le contaba algo interesante, o él compartía algo interesante que había descubierto. Hablábamos de ello brevemente, ambos intercambiando ideas, y luego volvíamos a lo que estuviéramos haciendo antes.

Los dos nos sentíamos así de cómodos trabajando en el mismo sitio, algo que era realmente atípico para mí. Y un poco desconcertante.

Había pasado los últimos cinco años en salones y apartamentos vacíos porque era mucho más seguro así. Casi daba miedo lo fácil que era compartir mi espacio con Leo ahora. Pronto tendría que tomar una decisión laboral. No podía permanecer mucho más tiempo desempleada y tarde o temprano me moriría de aburrimiento, pero el tiempo que había pasado con Leo había sido prácticamente mágico.

El problema era que la felicidad era pasajera y nadie sabía eso mejor que yo. No quería ponerme demasiado cómoda con la sensación de bienestar que siempre sentía cuando estaba con él. O la euforia que experimentaba a veces cuando entrábamos en una habitación.

En realidad no quería sentirme así.

—¡Madre mía! —exclamó Leo en un barítono grave que me sobresaltó.

—¿Qué? —le pregunté levantando la mirada del ordenador.

Leo se deslizó hasta mí y sostuvo su portátil en alto.

—Mira esto. ¿Qué ves?

Entorné los ojos a medida que se ajustaban a la luz de su ordenador y examiné la foto que sostenía en alto.

—Huellas de gato —dije con confianza—. Cuatro dedos y la almohadilla del pie.

—Exactamente —dijo Leo con voz triunfante—. Estas fotos fueron tomadas cerca del pie de las montañas lanianas por un biólogo nativo. Parece que hay más pruebas de que el lince laniano probablemente aún existe, Macy.

Mis ojos se abrieron como platos mientras lo miraba de hito en hito.

—¿De verdad lo piensas?

Él asintió.

—Lo sé. Es sin duda una huella de lince y no hay otras especies de felinos salvajes en el país. Me la envió el príncipe Nick. Le dije que lo mantuviera en secreto por ahora para que no decida presentarse en el norte de Lania todo el mundo a hacer fotos o conseguir un animal trofeo que se creía extinto.

—¿Podría pasar eso de veras? —pregunté, disgustada ante la idea.

Leo me lanzó una mirada dubitativa.

—Te sorprenderías. Si se descubre una nueva especie o se vuelve a encontrar una antigua, es probable que haya más interesados que los del mundo de la fauna.

Yo asentí.

—Supongo que sí. Es una noticia. Es fantástico pensar que el lince laniano podría no haberse extinguido. ¿El príncipe quiere que vayas a Lania?

—Sí —confirmó Leo—. ¿Qué te parece un viaje al Mediterráneo? El tiempo debería ser agradable.

—¿¡Yo!? —pregunté con un gritito.

Él asintió.

—Mi equipo está ocupado en otra exploración, pero no necesito al equipo y me gustaría hacer esto con discreción. Si conseguimos pruebas fotográficas o de vídeo, podemos ayudar a Nick a resolver cómo protegerlos. La primera prioridad es obtener pruebas irrefutables de que estas huellas son de lince laniano. La única manera de estar cien por cien seguros es ver al propio animal.

El corazón prácticamente se me salía del pacho. ¿Cuánto tiempo había soñado con hacer algo como aquello? ¿Cuán emocionante sería esa expedición? ¿Cuántas veces en el pasado había deseado poder seguir a Leo Lancaster en una de sus aventuras?

Sacudí la cabeza.

—No. No, Leo. No tengo absolutamente ninguna experiencia en trabajo de campo. No soy bióloga de fauna salvaje.

Él me sonrió y me guiñó un ojo.

—Yo tengo suficiente experiencia por los dos, y no es como si fuéramos a territorio inexplorado. Está bien cartografiado. Simplemente es remoto porque muy poca gente vive allí y la zona estaba destrozada por los años de ocupación rebelde. Piensa en ello como si fueras de acampada muy lejos.

Colocó su ordenador en la mesa de café y me rodeó con los brazos.

Leo me miró expectante mientras yo intentaba pensar en alguna razón por la que no podía hacer algo que había querido hacer durante casi toda mi vida. No debía. Pero, Dios, quería ir. Tal vez yo no fuera una bióloga de fauna salvaje que había hecho un montón de trabajo de campo, pero era veterinaria de animales exóticos, así que no sería completamente inútil. Era decente en identificar diversas huellas animales y sin duda podía identificar un lince, incluso a distancia.

¿Cuándo tendría oportunidad de hacer algo tan monumental de nuevo?

—No lo pienses, Macy. Tú ven conmigo. Nick dijo que haría montar un campamento base para nosotros y que mantendría la información en secreto mientras buscamos pruebas —dijo Leo apoyando su frente contra la mía—. Deja de darle tantas vueltas a todo.

—Soy... cuidadosa —balbucí.

—Puede que eso no siempre sea necesariamente bueno —dijo Leo secamente mientras retrocedía para mirarme a la cara.

—Lo es si me ayuda a mantener la compostura —dije con nerviosismo—. No me entiendas mal. Me siento tentada. ¿Cómo no iba a estarlo? Las oportunidades como esta no caen de los árboles. Nunca se me presentan a mí.

—La oportunidad ya está ahí —contestó Leo con voz ronca—. Lo único que tienes que hacer es decir que quieres aprovecharla. Yo te mantendré a salvo allí, Macy. Si no creyera que es seguro, no te habría pedido que vengas. Predominantemente, solo tendremos que colocar cámaras de rastreo y explorar un poco para ver si divisamos un felino o dos.

Yo lo miré fijamente mientras tomaba una profunda bocanada y la soltaba.

—Te das cuenta de que estás ofreciéndome algo que no puedo rechazar de ninguna manera.

Iba a ir. Era imposible rechazar la oportunidad de ver un lince laniano que ya ni siquiera debería existir en el planeta.

Él sonrió de oreja a oreja.

—Quizás debería sentirme insultado por que solo estés utilizándome para ver un lince laniano, pero en realidad me importa una mierda siempre y cuando estés allí conmigo.

Yo sacudí la cabeza mientras lo miraba a los ojos.

—El que tú estés allí es parte de la tentación, Leo.

El chico parecía no entender todavía su estatus de leyenda en encontrar fauna extinguida. Sus ojos examinaron mi rostro cuando respondió:

—No pensaba hacer viajes en el futuro próximo, pero me alegro de que surgiera este. Quiero compartirlo contigo, Macy.

De pronto, mis ojos se anegaron de lágrimas.

—No estoy acostumbrada a compartir nada con nadie, Leo. No estoy acostumbrada a que a nadie le importe si ando cerca o no —le dije con voz temblorosa.

Él secó la lágrima en cuanto cayó.

—Acostúmbrate, cariño, porque a mí siempre me importará.

Me dolía el corazón con un anhelo que no había experimentado en años. Quería importarle a Leo, pero al mismo tiempo me aterraba.

—No estoy segura de querer que te importe —confesé.

—Tú no puedes impedir que ocurra y yo tampoco —argumentó él al bajar su boca hacia la mía.

Como de costumbre, mi cuerpo respondió a su roce instantáneamente. Me abrí a él y él saqueó, devoró, robó hasta que yo quedé completamente embriagada.

Él enterró sus manos en mi cabello y utilizó ese agarre para situar mi cabeza exactamente donde la quería. El pánico que había brotado al principio en mi interior se desvaneció. Siempre se producía ese breve instante en el que estaba aterrada de cómo me hacía sentir Leo, pero este era arrastrado por la pasión que seguía irremediablemente. Coloqué las manos en sus fuertes bíceps, deleitándome en el placer de tocarlo.

Había pasado tanto tiempo desde que había sentido esa clase de necesidad, ese deseo. Sinceramente, no sabía si había experimentado nada parecido nunca. Era una locura que sólo él podía inducir.

—Leo —dije en un gemido sin aliento cuando finalmente liberó mis labios—. Dios, me vuelves loca.

—Bienvenida a la fiesta, cariño —me dijo justo al oído—. Me duelen las pelotas casi desde el momento en el que nos conocimos.

—No —discutí, divertida por su comentario.

Él retrocedió, pero mantuvo el brazo firmemente agarrado a mi cintura.

—Sin la menor duda —respondió él, sonando ligeramente contrariado.

—Ni siquiera te percataste realmente de mí en Inglaterra —lo reté.

Él levantó una ceja.

—¿Crees que no? Siempre estaba buscándote, Macy. Dondequiera que fueras. Desde la primera vez que nos conocimos. ¿Por qué crees que entré en la biblioteca en la finca de mamá donde te encontré llorando por Karma? —No me dio oportunidad de responder antes de decir—: Faltabas tú, así que fui a buscarte. Ni siquiera estoy seguro de que reconociera lo que estaba haciendo entonces, pero ahora entiendo ese impulso de querer seguirte dondequiera que vayas.

Yo aparté un mechón errante de pelo rubio de su frente mientras decía:

—En realidad no faltaba.

Leo se encogió de hombros.

—Entonces puede que simplemente presintiera que algo no andaba bien cuando no te vi durante un rato. Tal vez no te marcharas el tiempo suficiente para que nadie más se diera cuenta, pero yo sí lo hice.

—Y me encontraste —susurré.

—Estaba bastante resuelto —dijo él con una sonrisa—. No tenías la costumbre de desaparecer en ninguno de los eventos de la boda.

Quería preguntarle por qué le importaba dónde había ido o por qué sentía la necesidad de asegurarse de que estaba bien. Casi no nos conocíamos entonces. Apenas habíamos hablado.

Suspiré porque en realidad no necesitaba una respuesta. Le importaba porque estaba siendo Leo… y me alegraba verdaderamente que me hubiera encontrado.

CAPÍTULO 13

Leo

—LO SIENTO, LEO. No tenía ni idea de qué le había pasado a Macy la última vez que hablamos o te lo habría contado. Kylie me explicó lo que ocurrió. Es una putada —dijo Dylan mientras charlábamos por teléfono a última hora de la tarde.

Macy y yo habíamos puesto comida en la barbacoa y comimos fuera porque aún hacía mucho calor.

Mientras ella pasaba adentro a cogerle la cena a Hunter, yo había decidido llamar a Dylan para informarle de que iba de viaje de exploración donde, inevitablemente, me encontraría con uno de sus viejos amigos.

Di un sorbo de cerveza y la coloqué de vuelta sobre la mesilla.

—¿Qué demonios haces cuando toda tu familia resulta aniquilada? —le pregunté.

—No tengo ni idea —respondió él—. Yo me volví completamente loco porque creía haber perdido a una mujer que me quería y un hijo no nacido. No puedo ni imaginar qué se sentiría al perder a todos los que quiero.

—Creo que parte de ella simplemente se cerró —cavilé.

—No puedo decir que no me ocurriría lo mismo a mí —contestó Dylan—. Leo, debes tener cuidado. Este podría ser un camino que no quieres seguir. Por tu bien y por el suyo.

—Es demasiado tarde para eso —le dije—. No está amargada, Dylan. Está asustada, y entiendo ese miedo, pero no puedo alejarme de ella sin más porque sea recelosa. Yo sería igual. Es la única mujer por la que me he sentido así. Damian me contó una vez que se enamoró perdidamente de Nicole porque a ella le gustaba Damian Lancaster, el hombre, y no la fachada de multimillonario que veía la mayor parte de la gente.

—Yo puedo decir lo mismo de Kylie —admitió Dylan—. ¿Es eso lo que siente Macy por ti?

—Al menos, le gusta mi verdadero yo —expliqué—. No creo que le importe una mierda mi dinero.

—Entonces probablemente estás completamente jodido —dijo Dylan con ironía—. Eso es difícil de encontrar en nuestro mundo. Sinceramente, Leo, no recuerdo que nunca hayas tenido novia de verdad. Como dijiste, ha pasado mucho tiempo. Pero tenía la sensación de que cuando finalmente te enamorases, sería locamente. No me sorprende mucho que estés loco por Macy. Es atractiva, endiabladamente inteligente y comparte tu pasión por la fauna. Y dudo que le importe una mierda tu riqueza. Probablemente está más impresionada con tu trabajo.

—Lo está —confesé—. No hablamos de trabajo todo el tiempo, pero es agradable tener a alguien que comparte los mismos intereses. Le ofrecí el puesto de directora médica en el centro nuevo aquí.

Me parece que sería perfecto para ella. Estaba lista para salir del santuario de grandes felinos.

—¿Qué ha dicho? —inquirió Dylan.

—Todavía sigue pensándoselo. Pienso que lo aceptará. Quería un desafío y creo que esto le dará lo que quiere en su carrera.

—También la mantendrá convenientemente cerca de ti —sopesó Dylan.

—No es por eso por lo que se lo ofrecí —protesté irritado.

«¡Santo Dios!». Dylan me conocía mejor que eso.

—Lo sé—dijo él—. Leo, sé que no harías nada que pusiera en peligro tu centro. Solo digo que te saldría bien si los dos termináis juntos.

—Ah, terminaremos juntos —le dije con firmeza—. Hay algo ahí, Dylan. Una conexión que nunca me dejará marchar. Está ahí desde que nos conocimos.

—Entiendo esa conexión. créeme. Sé paciente con ella, Leo. Ha pasado por un calvario tremendo. Sé que ocurrió hace cinco años, pero quizá solo esté empezando a abrir esa parte de sí misma que cerró. Kylie dice que ni siquiera ha tenido citas desde que perdió a su familia.

—Opino que tal vez tengas razón —reconocí—. Va a venir conmigo a Lania. No necesito un equipo entero y creo que será bueno para ella hacer una escapada.

Finalmente empezaba a ver desaparecer las ojeras oscuras bajo los ojos de Macy y a desvanecerse la desolación en sus bonitos ojos grises. Esperaba que hacer una escapada a Lania y experimentar algo nuevo la ayudara aún más.

—Parece buena idea. Kylie dijo que ha estado preocupada por Macy. Se dio cuenta de que la situación con Karma estaba desgarrándola. Dijo que Macy nunca hablaba de su familia después de que murieran y Kylie y Nicole nunca la presionaron porque sabían que era doloroso para ella —explicó Dylan.

—Perder a Karma la desgarró —confirmé yo—. Por eso me alegro de que venga conmigo a Lania. Le vendría bien el descanso. Me habla de su familia, no de sus muertes, sino de todos los buenos recuerdos que tiene de ellos.

—Eso es bastante —contestó mi hermano—. ¿Recuerdas lo difícil que era rememorar nada de nuestro padre que no fuera doloroso durante el primer año o dos? Se pasó. Al final, podíamos hablar de los tiempos felices. Espero que sea ahí donde Macy esté ahora mismo. Se hace un poco más fácil después de eso. No es que pueda comparar su situación con perder a un padre, pero el proceso de duelo tiene que ser similar en cierto modo.

Supuse que tenía razón, pero el luto de Macy había sido tripe sin que le quedara nadie para hablar de ello.

—Bueno, ¿cuándo volvéis a Estados Unidos tú y Kylie?

—Si me salgo con la mía, os veremos aquí para otra boda Lancaster dentro de poco —compartió Dylan.

—¿Habéis fijado la fecha? —pregunté.

—Estamos buscando sitios y tratando de concretar algo.

—Me alegro por ti, Dylan. Mereces ser feliz después de toda la mierda que has pasado —le dije con sinceridad—. ¿Has oído algo de Damian? ¿Ha vuelto de la luna de miel?

—Me llamó hace unos días y dijo que quería otra semana —respondió Dylan con fingida irritación en la voz—. Supongo que le debo una, así que le dije que lo cubriría.

—¿Cómo está mamá? —pregunté—. No he hablado con ella esta semana.

—Tan ocupada como siempre, y ya le está lanzando fuertes indirectas de un nieto a Kylie —dijo Dylan secamente.

Yo reí entre dientes.

—¿Ni siquiera va a dejar que os caséis primero?

No me sorprendía. Mamá había empezado a insinuar cosas sobre el matrimonio y los nietos desde que todos habíamos terminado la universidad. Ninguno de sus hijos había cooperado hasta muy recientemente.

—Ya sabes cómo es —me recordó Dylan—. Quizás no quieras contarle que estás saliendo con alguien de inmediato.

—Por suerte, tú y Damian estáis más cerca de darle ese nieto que tanto quiere —bromeé—. Me aseguraré de llamarla para ver cómo está antes de marcharme a Lania.

—Dile a Nick que tiene que volver al Reino Unido más a menudo. ¿Lo viste en la boda? —preguntó Dylan.

—No lo reconocí al principio porque iba de incógnito, pero sí, nos encontramos —le dije.

El príncipe Nick había intentado no hacer un alboroto real de la boda de Damian, y había conseguido mantener un perfil discreto en la ceremonia y durante su breve visita al banquete.

—Salúdale de mi parte —pidió Dylan—. No envidio su trabajo de intentar llevar un país previamente asolado por la guerra al s. XXI.

Yo sacudí la cabeza.

—Tiene que parecerle raro haber sido criado básicamente como un británico y haber vuelto a su país prácticamente como un extraño para su pueblo.

—Se ajustará —dijo Dylan—. Nick es uno de los hombres más leales e inteligentes que conozco. Quiere llevar a Lania hacia delante y lo hará. Tal vez lleve tiempo, pero está haciendo un trabajo admirable hasta ahora.

—Ha sido de gran ayuda en esta situación —le dije a Dylan.

—Estoy seguro de que se pondrá eufórico por encontrar a un animal que creía extinguido en su país.

—Está bastante emocionado —convine—. Por lo visto, el lince laniano era un símbolo nacional de Lania y en otro tiempo estaba presente en los trajes ceremoniales y banderas. Nick dijo que volver a encontrarlos sería una fuente de orgullo nacional que uniría al pueblo laniano.

—Espero que consigas encontrar algunos felinos que sigan con vida —dijo Dylan—. ¿Las huellas parecían prometedoras?

—Muy prometedoras —confirmé—. Pero necesitamos verlo para identificarlo.

—Ten cuidado —me aconsejó Dylan—. Sé que el país se ha convertido en una meca del turismo, pero no tengo ni idea de cómo está en el norte. Teniendo en cuenta lo larga que fue la guerra civil en Lania, podría ser un caos.

—Estaremos a salvo —le aseguré—. No me llevaría a Macy si creyera que hay peligro. No hay depredadores alfa allí y el tiempo debería ser cálido. Las huellas fueron divisadas en los bosques al nivel del mar, así que dudo que tengamos que adentrarnos mucho en las montañas. Nick dijo que haría un campamento base lo más cómodo posible.

—¿Cuánto tiempo estaréis allí?

—No más de una semana o dos —compartí—. Tengo demasiadas cosas que hacer aquí para pasar mucho tiempo lejos. Parece que voy a recibir una pareja reproductora de lobos en peligro crítico dentro de dos meses. Tendré que asegurarme de que estemos listos para ellos.

Levanté mi cerveza y me la ventilé.

—¿Abrirás al público como hiciste en tu centro de aquí?

Di un trago de cerveza antes de responder.

—Próximamente, no. Pasará una temporada hasta que tengamos una rutina, y es importante que las zonas de reproducción permanezcan tranquilas para que los animales se sientan seguros. Al final, probablemente lo dirigiré igual que el centro en Inglaterra, pero no sucederá de inmediato.

Una vez que me establecí en el Reino Unido, abrí el centro en un horario limitado de visitas y educativo para que las entradas ayudaran a mantener el centro de conservación para las generaciones venideras. En algún momento haría lo mismo aquí, en Estados unidos, y el centro de rehabilitación y los servicios de emergencia recibirían un poco de apoyo del Estado. Era importante para mí encontrar el equilibrio entre la educación y la existencia futura de los centros de conservación y el bienestar de los animales residentes actuales.

—¿Alguna vez he mencionado lo orgulloso que estoy de ti, Leo? —dijo Dylan con un tono grave, de hermano mayor—. No pudo ser fácil para ti perseguir tu elección de carrera profesional cuando era tan distinta de lo que se esperaba en nuestro mundo.

—Nunca fue tan difícil cuando tuve a toda una familia que apoyaba esas elecciones, Dylan —dije con voz ronca—. Ninguno de vosotros me hicisteis sentir nunca como si fuera menos que nadie porque no quería ser codirector ejecutivo de Lancaster International.

Había recibido mi herencia cuando mi padre falleció, que fue invertida para que siguiera multiplicándose, y aún poseía una pequeña participación como socio de Lancaster. Personalmente, no podía estar más contento con cómo habían salido las cosas. No todos los Lancaster tenían que estar involucrados en la dirección de la megacorporación.

—Pero era lo que esperaban todos los demás fuera de la familia —caviló Dylan.

Yo sonreí de oreja a oreja.

—No me importaba una mierda nadie fuera de mi familia. No creas que nunca oí a la gente hablando del bárbaro hermano pequeño Lancaster que no hacía nada más que meterse en bosques para ensuciarse con alimañas asquerosas. Acuérdate, nuestro padre solía decir que era difícil preocuparse por lo que decía la gente si no respetabas a los que hablaban. Sabía lo que decían las élites. Simplemente, no me importaba.

Dylan rio entre dientes.

—La gente como esa tiene demasiado tiempo entre manos. Me alegro de que no escucharas.

—Nos criaron unos padres que nos enseñaron a no prestar atención a esas cosas —le recordé—. Escojo mi felicidad por encima de encajar con ellos en cualquier momento.

—Yo también —convino él—. Creo que a todos nos gustaría verte más a menudo, pero que seas feliz es lo único que importa realmente.

—El viajar constantemente ha sido la peor parte del trabajo —le aseguré—. Yo también os extraño a todos, pero no voy a estar viajando por el mundo para siempre. Aparte de este viaje a Lania, no estoy pensando en hacer más exploraciones en el futuro próximo. Con este segundo centro, estaré ocupado. Puedo enviar a mi equipo ahí fuera y financiar una exploración sin estar allí personalmente.

—Pero ¿desearás estar allí? —preguntó Dylan un poco dubitativo.

Pensé un momento en su pregunta antes de responder con franqueza.

—Puede que sí, de vez en cuando, pero en su mayoría, creo que estaré contento con concentrarme en todas las demás áreas importantes de la conservación que han de hacerse. Pasaré tiempo en ambos centros e incluso puede que decida comprar una casa en Inglaterra también. Empieza a disfrutar el dormir en una cama de verdad.

—Te estás ablandando, ¿eh? —bromeó él.

—No exactamente —negué—. Solo digo que no me importaría dormir en algo más blando que el suelo a veces.

—No puedo decir que te culpe —dijo Dylan con empatía—. Cuídate en tu viaje, Leo.

Los dos colgamos después de nuestro adiós habitual.

Después, tuve que preguntarme si Dylan estaba advirtiéndome que me mantuviera a salvo de los posibles peligros del bosque laniano o si en realidad intentaba convencerme de que protegiera mi corazón.

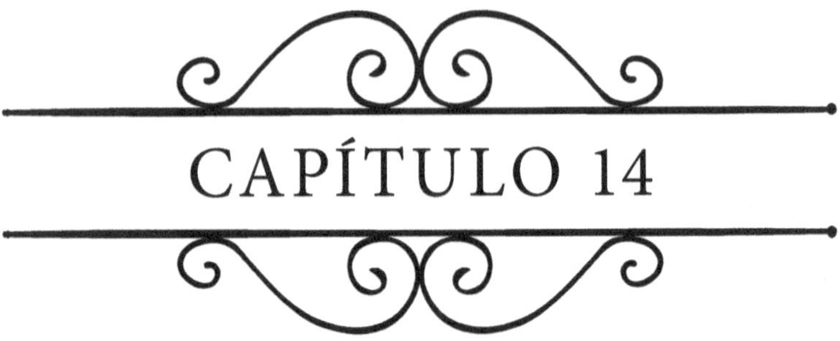

CAPÍTULO 14

Macy

—CREO QUE HE leído todo lo que he podido encontrar sobre el lince laniano y me he puesto al día de la política en Lania —le dije a Leo dos días después—. ¿Estás seguro de que no hay nada que pueda hacer para ayudarte?

También había empacado y estaba lista para marcharnos a la mañana siguiente. Y estaba tan emocionada que dudaba mucho que fuera a conseguir dormir. Nos íbamos bien temprano al Mediterráneo, y estaba tan nerviosa y emocionada que apenas podía parar quieta.

Él me sonrió desde su sitio en el suelo, donde tenía todo su equipo disperso. Estaba asegurándose de que funcionaba y estaba preparado.

—Ya has ayudado mucho. No queda mucho que hacer. Ponme al corriente de lo que has aprendido.

Yo puse los ojos en blanco. No había hecho casi nada. Además, yo había terminado y Leo seguía preparándose para el viaje. Sí, había limpiado el frigorífico por la noche y me había asegurado de que quedaba puesta la lavadora para que no volviéramos a ropa apestosa que estaba a medio lavar, pero eso no era precisamente lo que yo llamaría *ayudar.* Había hecho lo mismo en mi apartamento la víspera y había dejado a Hunter internado en una instalación en la que confiaba.

Puse mi ordenador a un lado y me acomodé en el sofá.

—Como si no hubieras hecho los deberes —le dije a Leo en tono jocoso.

—Cuéntamelo de todas maneras —insistió mientras trasteaba con una de sus cámaras de rastreo.

—Son unos animales preciosos —dije con un suspiro—. El último avistamiento registrado con pruebas fotográficas fue hace más de treinta años. Me sorprendió ver que era la especie más grande de linces. Los machos pueden pesar un poco más de treinta y seis kilos. No es una subespecie. Evolucionaron solos, separados de las cuatro especies conocidas de lince, pero nadie sabe realmente sus orígenes o cómo evolucionaron en una isla. En otro tiempo eran numerosos y deambulaban por casi toda la nación. A medida que aumentó la población, migraron hacia zonas septentrionales menos pobladas. Supongo que ya sabemos qué paso una vez que la guerra civil empezó en ese país. Dios, espero que sigan allí.

Esperaba de verdad que aquel viaje fuera exitoso, no solo porque quería ver un lince laniano, sino porque sería increíblemente significativo para nuestro ámbito.

Leo alzó la mirada hacia mí, diciendo:

—Realmente creo que hay posibilidades de que quede algo de población. Solo espero que haya suficiente diversidad genética para reconstruir la población. Las cosas pueden ponerse muy feas si solo quedan unos pocos y son parientes cercanos.

Yo asentí.

—Eso espero yo también. Es muy triste que algunos de los animales que se han extinguido consiguieran sobrevivir millones de años pero no pudieran resistir a la raza humana.

—Algún día —dijo Leo en tono contrariado—, la gente empezará a entender que nuestro destino y el de estos animales está interconectado. Si empiezan a borrar demasiadas especies del planeta, los ecosistemas se desmoronan y el mundo empieza a deteriorarse.

—Están haciendo algún progreso en desextinción mediante la clonación —cavilé—. Aunque creo que llevará tiempo hacerlo bien.

—Y nunca será realmente el mismo animal —añadió Leo—. Es un campo fascinante, pero yo preferiría que captemos el problema antes de que los animales desaparezcan.

—Yo también —convine incondicionalmente mientras lo observaba toquetear otra cámara de seguimiento—. ¿Se activan por movimiento?

—Sí —respondió él—. Instalaré unas cuantas y veremos qué captamos.

—Me enseñarás a instalarlas —insistí—. Me gustaría hacer parte del trabajo mientras estemos allí. No tendrás a nadie de tu equipo. Necesitarás algo de ayuda.

—De hecho, soy bastante afortunado de que Nick sea tan acomodaticio. Me convertirá en un perezoso. Está instalando todo el campamento base, incluidos generadores de electricidad, gas y todo lo demás que necesitaremos para estar cómodos mientras estemos allí —dijo Leo.

—He visto algunas fotos del príncipe Nick. Es joven —comenté.

Leo asintió.

—De la edad de Dylan y Damian.

—Por lo visto, se le considera uno de los solteros más codiciados del mundo. Me pregunto si es por el hecho de que es joven e increíblemente atractivo, un príncipe heredero o porque es asquerosamente rico. O supongo que podría ser una combinación de todas esas cosas —bromeé.

—¿Qué te pareció a ti? ¿Crees que es atractivo? —preguntó Leo, intentando sonar despreocupado.

Pero yo era más lista que eso. Él quería saber si me parecía que el príncipe Nick estaba bueno.

—Supongo que es guapo —contesté.

—El cabrón puede ser encantador cuando quiere, también —refunfuñó Leo.

—¿Estás intentando hacerme una advertencia? —pregunté con una sonrisa—. Y yo que creía que te gustaba.

—Sí, te estoy haciendo una advertencia —dijo bruscamente—. Y si te parece atractivo, ya no estoy seguro de que me guste el cabrón.

Yo me eché a reír. Empezó como una risita breve que se hizo más fuere cuanto más lo miraba a la cara.

—Ay, Leo. ¿No sabes que no hay hombre más atractivo que tú?

Actuaba como si no se diera cuenta de que estaba en la misma lista que Nick. Lo más probable era que ni siquiera se molestara en pensar en eso.

Él sonrió de oreja a oreja.

—Entonces puede que Nick todavía me guste un poco.

En serio. El hombre no tenía ni la más remota idea de que estaba de infarto.

Yo solté un bufido.

—Podría hacerte la misma pregunta que me hiciste tú no hace tanto tiempo. ¿Te has mirado al espejo últimamente? Si no, deberías. Sin duda, ganaste la lotería genética. Eres el chico más guapo que he visto nunca.

Él ensanchó la sonrisa.

—Vale, supongo que Nick y yo podemos volver a ser amigos. Tu opinión es la única que cuenta.

—Eres imposible —dije con una sonrisa inmensa.

—Eres preciosa —replicó en respuesta.

Aunque yo sabía que sus palabras distaban mucho de ser ciertas, me hizo sentir bien oír aquello, especialmente viniendo de un chico al que no podía dejar de desear.

—Eres un lunático —le dije—. Si no hay nada más que pueda hacer, supongo que debería irme a la cama, aunque estoy bastante segura de que no podré dormir ahora mismo. Sigo demasiado emocionada por el viaje y aún es pronto.

—Entonces hazme compañía —sugirió él—. Casi he terminado aquí. Podemos salir a nadar si necesitas cansarte.

Parecía buena idea.

—Me apetece —dijo—. También quería decirte que he decidido aceptar tu oferta de empleo. No hay ningún motivo para demorarme en darte una respuesta oficial. No sé qué decir acerca de que me des esta oportunidad, Leo. Todo lo que puedo decir es que haré lo mejor que pueda para asegurarme de que no te arrepientes.

—Ni siquiera voy a fingir que no me alegro —respondió Leo mientras empezaba a meter su equipo en un par de mochilas—. Y nunca me arrepentiré de haberte ofrecido el puesto, Macy.

—Jaya dijo que vendría —informé a Leo—. Pero creo que estaré bien si puedo hacer FaceTime y videollamadas. No me preocupa la parte médica del trabajo. Solo tengo dudas acerca de la cría en cautividad, y si realmente vas a traer expertos en las especies, creo que estaré bien.

—Jaya podría decepcionarse —dijo Leo; el tono plagado de diversión.

Yo fruncí el ceño.

—¿Por qué?

—Quiere visitar Estados Unidos desde que tengo memoria. Aún no ha venido aquí.

—¡Ups! —exclamé—. Quizás debería cambiar de opinión acerca de necesitarla aquí en persona.

—Podría ser la única manera que tenga de ver Estados Unidos —me dijo—. No consigo que se tome unas vacaciones del centro muy a menudo.

—Entonces quizás deberías darle la opción —sugerí—. Solo estaba intentando ahorrarle la molestia de venir aquí. Sinceramente, estoy nerviosa, pero es un nuevo desafío emocionante al mismo tiempo.

—Creo que te encantará —dijo Leo con confianza—. Aún no hemos hablado del sueldo.

—Tengo la sensación de que quizás pagues un poco más que el santuario de grandes felinos —dije con cautela.

El dinero de mi antiguo trabajo era razonable para una organización sin ánimo de lucro que operaba con un presupuesto muy limitado, pero era bastante bajo para una veterinaria zoológica.

Aunque Leo también dirigía una organización sin ánimo de lucro, era un centro de conservación Lancaster, lo cual significaba tecnología de vanguardia y sueldos dignos de profesionales de excelencia haciendo un trabajo muy especializado.

Después Leo dijo un salario que me dejó mirándolo boquiabierta. Era casi el doble de lo que ganaba antes.

—Eso está… realmente bien —dije intentando evitar sonar como una boba.

—¿No hay negociación? —preguntó Leo en tono provocador.

—Ninguna. Es mucho más de lo que ganaba en el santuario, Leo, y Jaya ya me ha hablado de algunas de las prestaciones fantásticas.

—Es mucha responsabilidad —me recordó Leo—. Serás la jefa médica de todo el centro, Macy. El sueldo es adecuado.

Sabía que la paga sería buena, pero era decididamente más de lo que esperaba.

—Al final quizás pueda permitirme una casa y dejar de alquilar —sopesé.

Probablemente tendría que empezar alquilando. Las casas en esta zona eran extravagantes. En realidad no quería adivinar cuánto le había costado su casa a Leo. Millones, sin duda. Simplemente, no estaba segura de cuántos millones.

Leo asintió.

—Evidentemente tienes que dejar tu apartamento y mudarte aquí. ¿Estarás bien renunciando a la playa por el desierto?

Sonaba ligeramente aprensivo sobre cuál sería mi respuesta.

—Para un trabajo como este, por supuesto que sí —le dije con una carcajada—. Puedo ir a la playa si quiero.

En cierto modo, tal vez fuera bueno para mí empezar de cero en un lugar que no tuviera tantos recuerdos.

Por fin, Leo cerró la cremallera de sus dos macutos y se levantó del suelo.

—Estoy aliviado de que hayas tomado una decisión definitiva, pero no pienses ni por un minuto que no vamos a salir.

Yo levanté las manos en señal de rendición.

—Me rindo. Supongo que veremos cómo va, porque no estoy dispuesta a renunciar a ti.

Su mirada posesiva me recorrió de arriba abajo antes de que dijera en tono ronco:

—Perfecto. Porque yo no puedo dejarte marchar. ¿Estás lista para un baño?

Extendió sus manos y yo puse las mías en las suyas sin pensarlo dos veces. Unos segundos después, me levantó.

—¿Cómo he tenido tanta suerte de conocer a alguien como tú? —le pregunté en voz baja al encontrarme con su mirada de bonitos ojos azul marino.

Leo Lancaster era todo el paquete. Inteligente, educado, bueno, considerado. Eso por no mencionar que también estaba buenísimo y tenía un cuerpo que las mujeres deseaban. También estaban la conexión y la química de locura entre nosotros, que me hacían anhelar a Leo Lancaster como nunca había deseado a ningún hombre antes que a él. Cada vez que me tocaba, me volvía completamente loca, pero, curiosamente, también me hacía sentir segura.

Sí. Bueno, eso era bastante ridículo teniendo en cuenta que nadie sabía mejor que yo que no había nada parecido a la seguridad total. Nada estaba garantizado, así que era mejor no encariñarse demasiado.

Mi problema con esa estrategia ahora era Leo. Era difícil no desearlo, no querer unirme a él de alguna manera. Me había preguntado un millón de veces y podría acostarme con él y mantenerme indiferente en cierto modo. Tristemente, la respuesta a esa pregunta probablemente sería *no.* Quizá si fuera cualquier otro chico, podría mantener en pie mis murallas defensivas, pero no con Leo. Nunca con Leo.

—Me conociste porque tu mejor amiga decidió hacer de mi hermano el cabrón más afortunado del mundo casándose con él —respondió Leo a mi pregunta de cómo había tenido tanta suerte de conocerlo—. Puede haber sido un encuentro fortuito que quizás no se hubiera producido de ninguna otra manera, así que estoy increíblemente agradecido de que Nicole decidiera perdonar a Damian por ser un idiota.

Yo suspiré cuando Leo se inclinó hacia abajo y reivindicó mi boca en un beso que me dijo exactamente cuánto se alegraba de que nos hubiéramos conocido.

Ese mismo abrazo codicioso también me transmitió que, desde ahora, no quería dejarme marchar nunca.

CAPÍTULO 15

Leo

MÁS TARDE AQUELLA noche, mi cuerpo se tensó mientras yacía tumbado en la cama, la mente en algún lugar entre el sueño y la vigilia.

Abrí un ojo para mirar el reloj de la mesilla.

«¿Las dos de la mañana?», pensé.

Me había acostado hacia la medianoche. Justo después de correrme en la ducha porque estar tan condenadamente cerca de Macy estaba volviéndome completamente loco.

«¡Joder!».

Quería desnudarla tanto como el aire que respiraba, pero como quería algo más que satisfacción sexual, sabía que era más sensato no presionarla demasiado. No cambiaría esos momentos en los que se derretía en mis brazos, pero sentir ese cuerpo torneado presionado contra el mío estaba afectándome, a pesar de que me decía constantemente que debía ser paciente.

Abrí el otro ojo, preguntándome qué demonios me había despertado. Tenía el sueño ligero tras años de estar en el campo, pero solía desmayarme hasta que tenía que levantarme a menos que oyera o sintiera que algo no andaba del todo bien.

Había oído algo... Mis músculos se tensaron al oír el sonido de la puerta de mi dormitorio al cerrarse lentamente.

¿Era eso lo que me había despertado? ¿La puerta de mi habitación al abrirse?

La tenue luz de la luna que entraba por las ventanas era la única iluminación del dormitorio. Cuando volví la cabeza, me percaté de que la habitación estaba lo suficientemente iluminada para ver la pequeña figura de Macy cruzando el dormitorio, dirigiéndose en línea recta a mi gran cama de tamaño rey. No solo reconocí su pequeña figura, sino los pantalones cortos de su pijama y la camiseta grande que se ponía para ir a la cama. Los había visto con la ropa sucia varias veces.

Yo estaba de espaldas al lado vacío de la cama, pero noté que ella se metía en la cama, se peleaba un poco con la colcha y luego se acercaba todo lo que podía a mí sin llegar a tocarme.

Puede que al principio yo esperase que ella no pudiera soportar otra noche en mi casa sin quemar las sábanas conmigo en mi cama, pero no tardé en darme cuenta de que ese no era el caso. Oía su respiración rápida justo detrás de mí, y la vibración de su violento temblar.

Me giré para mirarla de frente inmediatamente.

—¿Macy? ¿Qué pasa? —pregunté, intentando mostrarme lo más calmado posible, cosa que no era fácil porque quería hacer que lo que la hubiera disgustado o asustado desapareciera al instante.

—Lo-lo siento —respondió ella, el cuerpo aún temblando—. No quería despertarte.

Yo extendí los brazos, la atraje hacia mi cuerpo y la abracé.

—¿Qué ha pasado, cariño?

Macy y yo llevábamos semanas compartiendo aquella casa y nunca había sentido la necesidad de dormir en ningún otro sitio excepto en la habitación de invitados al final del pasillo.

Se acurrucó contra mí como si estuviera intentando calentarse mientras respondía:

—Una pe-pesadilla. No tenía ninguna desde hace tiempo y solo reaccioné. No quería estar sola.

Se me encogió el estómago al saber que su primera reacción había sido venir a mí, que confiaba tanto en mí. Recordé nuestra tarde juntos, preguntándome qué podría haber desencadenado una pesadilla para ella, pero me quedé en blanco.

—¿Quieres hablar de ello?

Me incliné y le besé el cogote mientras ella seguía intentando acurrucarse contra mí para acercarse más.

Su dulce aroma era familiar y embriagador, pero intenté no dejar vagar mi mente.

—En realidad, no —respondió ella—. Pero tal vez debería. He tenido el mismo sueño una y otra vez desde el día en que toda mi familia murió. En ese sueño, yo estaba allí con mi familia aquel día. Montábamos juntos en el helicóptero y estábamos divirtiéndonos mucho. Papá seguía haciendo chistes malos cuando el helicóptero sufrió un fallo en el motor. Todos nos dábamos la mano mientras caíamos en picado hacia el agua. Sé en el sueño que no vamos a sobrevivir, pero me parece bien porque siento que es donde debo estar. Siempre me despierto justo antes de que golpeemos el agua y muramos.

Mi abrazo se estrechó en torno a Macy instintivamente.

—¡Joder! —maldije—. ¿Es el mismo sueño que has tenido esta noche?

No era de extrañar que se hubiera despertado en pánico y aterrada.

—Esta vez ha sido un poco distinto —explicó con voz llorosa—. Estaba con mi familia, pero por alguna razón me empujaban fuera del círculo de nuestra familia en el último minuto. De pronto, solo ellos tres se daban las manos y yo era más bien una observadora. Estaba sola, viéndolos mientras el helicóptero caía del cielo. Como de costumbre, me desperté justo antes del impacto.

—¿Nunca ha sido así antes? —le pregunté en voz baja, la boca junto a su oído.

—No. No estoy segura de qué significa ni de si realmente significa algo —dijo—. Este daba más miedo que los otros. Al menos en los otros sueños yo seguía formando parte de mi familia. Nuestros destinos estaban atados. Así es como debería haber sido, Leo. Se suponía que yo tenía que ir a esa excursión aquel día. Debería haber muerto con el resto de mi familia.

—No, Macy —le carraspeé al oído, el corazón batiéndome el pecho.

Ni siquiera podía pensar en Macy con su familia aquel día.

—Sí —dijo ella en un susurro insistente—. Era viernes y había planeado estar presente en esa celebración. Terminé cancelándolo a última hora porque teníamos un nacimiento inminente de una nueva cría de gorila occidental de tierras bajas y no quería perdérmelo porque era muy importante, porque están en peligro crítico de extinción. Mi padre apoyó totalmente que me quedara en San Diego hasta que naciera la cría. Incluso Brandon quería que me quedara y fuera a Newport Beach después de que naciera. Dijo que tendríamos muchas más celebraciones juntos en el futuro y que esa no merecía perderse un acontecimiento como aquel. Pero se equivocaba. Nunca volvimos a estar juntos. Debería haber estado allí con ellos, Leo. Después del accidente, hubo tantas veces en las que casi deseé haber estado allí con ellos.

—No —respondí con voz ronca.

Todos los músculos de mi cuerpo se tensaron al pensar en lo cerca que había estado de no conocer nunca a Macy. El nacimiento de un gorila de tierras bajas era lo único que le había impedido estar en ese helicóptero. Su supervivencia había sido una casualidad, un hecho realmente afortunado que impidió que muriese aquel día.

Tomé una profunda inspiración y la solté, intentando no perderme en lo que podría haber pasado. Macy necesitaba que la escuchara ahora. Necesitaba hablar y yo estaba ahí para escuchar.

—Me alegro de que no estuvieras en ese helicóptero —dije con voz ronca—. Siento muchísimo que perdieras a tu familia, cariño, pero me alegro de que estés aquí conmigo ahora.

Ella soltó un largo suspiro.

—Fue muy duro, Leo. Yo era adulta, pero no tenía ni idea de cómo gestionarlo todo por mi cuenta. Había algunos parientes en el funeral, todos de fuera del estado y ninguno lo bastante cercano a mis padres para planear los funerales. Mis padres eran novios del instituto en Wisconsin. Se mudaron a California sin familia cerca. Todos mi abuelos habían fallecido, así que solo estaba yo. Tenían testamento, pero no había instrucciones de qué hacer si todos morían juntos. Terminé enterrándolos juntos uno al lado del otro en un cementerio que daba a un bonito parque conmemorativo. No sabía qué más hacer.

Me dolió el pecho ante la idea de una Macy sola y perdida, intentando decidir exactamente cómo enterrar a toda su familia. Sí, era adulta, pero aún era demasiado joven. Deseé haber estado allí para intentar protegerla y apoyarla de alguna manera.

—Hiciste exactamente lo correcto, cariño —le aseguré en tono tranquilizador—. No es una situación que nadie pueda estar preparado para manejar.

Noté que asentía con la cabeza mientras decía:

—Anduve como en una nube, sintiéndome totalmente confundida. Gran parte de mí sentía que yo debía estar con ellos y ni siquiera sabía cómo obligarme a salir del cementerio después de que fueran enterrados.

Mecí su cuerpo lentamente, intentando reconfortarla al responder:

—Creo que yo sentiría lo mismo. ¿Cómo te convenciste de marcharte?

Presentía que necesitaba hablar y empezar a soltar algunos de esos recuerdos realmente brutales.

—Karma —dijo llanamente—. Recordé que se suponía que yo debía estar en el santuario. Fui con ella y ella me mantuvo cuerda.

Menos mal que había tenido a su tigresa por aquel entonces. Cuidar de Karma evidentemente había mantenido a Macy lo bastante estable para superar los días difíciles.

Macy prosiguió:

—También tenía a Nicole y a Kylie. Sobre todo nos comunicábamos a gran distancia, pero era suficiente. —Hizo una pausa antes de añadir—: Me pregunto por qué mi sueño cambió de repente.

Yo sacudí la cabeza.

—No estoy seguro. Puede que empieces a creer que realmente no tenías que estar en ese helicóptero.

—He estado diciéndome que hubo una razón por la que no estaba allí. Tengo que pensar eso, Leo. Por eso me obligué a centrarme en el resto de mi residencia y en estar allí para Karma y mis amigas todo lo posible.

En mi cabeza, había muchas razones por las que no murió aquel día; la principal era que el mundo simplemente no estaba listo para funcionar sin ella.

—Piensa en cuántas vidas has salvado —le canturreé—. Piensa en todas las cosas importantes que has hecho y aún te quedan por hacer en el futuro. ¡Mierda! Piensa en el triste pendejo que sería yo sin ti. Te necesito, Macy, y nada en este mundo va a hacerme creer que no estábamos destinados a conocernos.

Probablemente nunca había afirmado nada tan en serio como aquello en toda mi vida. Macy Palmer estaba destinada a ser mía y nadie me convencería nunca de lo contrario. Tal vez fuera demasiado pronto para decirle aquello. Quizás no fuera el momento de intentar descifrar la profunda conexión que sentía con ella. Puede que no entendiera del todo por qué estábamos hechos para estar juntos. Solo sabía que era verdad.

—Siento haberte despertado, Leo —dijo ella en tono contrito—. Pero, después de ese sueño, lo único que quería era estar cerca de ti.

Tomé su cabello en un puño con delicadeza y atraje su cabeza contra mi pecho.

—¿De verdad creías que iba a quejarme de que te metieras a hurtadillas en mi cama?

Ella había empezado a desahogarse de todas sus penas. Estaba hablando conmigo de las cosas difíciles, de las tristes. En algún momento, tenía que trabajar las tristes emociones y acontecimientos que había reprimido durante tanto tiempo.

Yo quería que supiera que siempre podía venir a mí cuando me necesitara, así que ignoré cualquier idea de que el haberse metido en mi cama era una molestia. Porque no lo era. En absoluto. Aunque no estuviera en mi cama gritando mi nombre mientras me la tiraba.

Me dio una palmada sonora en el hombro.

—Eres un pervertido, así que estoy segura de que imaginaste esta situación pasando de una manera muy distinta —me provocó.

—Tratándose de ti en mi cama, acepto lo que me des —bromeé.

—¿Leo? —preguntó en voz baja.

—¿Sí?

—Gracias por estar siempre ahí para mí. La muerte de Karma había despertado muchas emociones que creía que habían pasado y terminado. Como ese sueño absurdo.

Tenía la sensación de que Macy aún guardaba muchas viejas heridas que sanar, pero estaría ahí cada vez que algo nuevo saliera a la superficie.

Ya había luchado contra todo esto sola durante bastante tiempo.

—Siempre estaré aquí cuando me necesites, Macy —respondí con voz ronca.

—Eso espero —contestó ella con voz ligeramente temerosa.

Quizás ella ya no creía en la palabra *siempre,* pero tarde o temprano se daría cuenta de que yo no iba a irme a ningún sitio.

—Me siento mejor —me informó—. Tal vez debería volver a mi cama ahora.

—Duerme. Quédate y yo te protegeré si tienes más pesadillas —dije con insistencia—. Tenemos un vuelo temprano. Ahora que estás aquí, ¿de verdad crees que te dejaría escapar?

—Como si quisiera escapar —musitó ella adormilada—. Dios, hueles fenomenal, Leo.

Estuve a punto de gemir cuando ella enterró el rostro en mi cuello e inspiró profundamente una vez más.

—Duerme, mujer —gruñí, sabiendo que empezaba a agotárseme la paciencia.

Estaba a un pelo de agarrar su precioso trasero y explorar cada centímetro de su cuerpo exquisito. Lo único que me detenía era el hecho de que ella no me había dado señales de estar preparada para eso todavía, y quería que confiara en mí más de lo que necesitaba joder con ella en ese momento. Ella suspiró y luego su respiración se volvió más lenta mientras hacía exactamente lo que le había pedido. Durmió.

CAPÍTULO 16

Macy

—NO PUEDO CREER que esté volando por segunda vez en este bonito avión privado —le dije a Leo mientras lo observaba terminar nuestra partida de ajedrez dejándome en jaque mate.

Llevábamos varias horas en el aire, pero aún teníamos un largo trecho por delante antes de llegar a Lania.

Él me sonrió de oreja a oreja.

—Buena partida, pero no creo que estuvieras prestando demasiada atención.

Yo le devolví la sonrisa desde mi postura en el otro extremo del sofá, con el tablero de ajedrez entre los dos.

—¿Cómo voy a hacerlo? Estoy en camino al Mediterráneo para buscar un lince extinto. Tampoco es que no fuera a terminar perdiendo. Creo que eres un jugador casi invencible, y yo soy mediocre como mucho. Mi hermano y yo solo jugábamos por diversión cuando éramos más jóvenes y yo no he tenido mucha práctica desde entonces.

—¿Debo suponer que la mayoría de tus novios no eran jugadores de ajedrez? —preguntó mientras volvía a colocar el tablero.

Yo solté un bufido.

—Debes suponer que a ninguno le interesaba en absoluto jugar al ajedrez cuando estábamos en la universidad. Yo conseguí sacar notas excelentes, a pesar de que estaba en una hermandad y trabajaba a jornada parcial, pero a los chicos de las fraternidades solo les interesaban las fiestas. Después de hacer el grado, no hubo realmente ninguno a largo plazo. Empecé el máster y todo el tiempo que tenía para jugar se acabó. Te he dicho que en realidad no he tenido un novio estable en mucho tiempo.

—¿Querías uno? —preguntó Leo con un barítono curioso.

Yo ladeé la cabeza y pensé un momento en su pregunta antes de responder.

—No creo que lo echara tanto en falta en realidad. Quizás porque no había conocido al chico adecuado y realmente estaba muy ocupada después de empezar Veterinaria. Intenté tener citas durante un tiempo y luego simplemente renuncié. La mayoría de los chicos no entendían a una mujer que quería completar tantos años de educación superior solo para cuidar de animales salvajes. Y luego no había nadie soltero e interesante en Veterinaria conmigo.

—Yo lo habría entendido —respondió Leo seriamente.

Levanté la cabeza y nuestros ojos se encontraron por encima del tablero de ajedrez. La expresión sincera en sus preciosos ojos azules me cautivó. Sacudí la cabeza lentamente, pero no rompí el contacto.

—No te conocí por aquel entonces —dije en voz baja, sintiéndome sin aliento y agitada.

—Si nos hubiéramos conocido cuando éramos más jóvenes, habría esperado a que terminases la universidad y toda tu formación. Habría preferido tener el poco tiempo que pudiéramos conseguir juntos que estar con alguien más solo porque tuviera más tiempo libre —dijo con resolución.

«¡Dios!». Si la mayoría de los demás chicos hubieran dicho eso habría sido pura mentira, pero no con Leo. Creía totalmente su afirmación. Probablemente porque su educación también había sido importante para él, así que lo entendía.

—Yo también te habría esperado —musité, aún hipnotizada por su mirada—. Bueno, si nos hubiéramos conocido antes.

En cierto modo, quizás Leo y yo nos habíamos estado esperando el uno al otro. Él con sus estudios en Inglaterra. Yo en Veterinaria y luego durante mi residencia. Atónita ante la idea, de pronto rompí el contacto visual.

¿En qué estaba pensando?

«Yo no tengo relaciones serias», me dije. Estaba saliendo con Leo de manera informal; no iba a casarme con él. Me sentía muy atraída por él físicamente y me gustaba mucho como persona. Disfrutaba pasando tiempo con él. Tenía que poner las cosas en perspectiva. Nos habíamos conocido por casualidad, no estábamos destinados a estar juntos.

Observé mientras Leo volvía a colocar el tablero en la mesa hecha para apoyarlo antes de que volviera al gigantesco sofá de cuero y se sentara a mi lado. Me rodeó la cintura con un brazo y me atrajo hacia su cuerpo, y yo lo dejé.

Me encantaba cómo olía. Me encantaba cómo su cuerpo duro acunaba el mío más mullido. Me encantaba la sensación de idoneidad que sentía cada vez que él estaba cerca de mí. Tal vez no estaríamos juntos así para siempre, pero estar cerca de este hombre era adictivo y desearlo era inevitable.

Me puse de rodillas junto a él y me abracé a su cuello.

—¿Me besas, Leo? —pedí.

Él levantó una ceja, puso las manos en mi cintura y me levantó sobre él hasta situarme a horcajadas.

—Puede que sea hora de que tú me beses a mí —gruñó—. Si quieres algo, ven a por ello.

¿Querer algo? Lo quería a él y él lo sabía.

Lo miré fijamente mientras preguntaba:

—¿Crees que no voy por lo que quiero? Quiero un millón de cosas cuando te miro —dije sinceramente.

Él abrió los brazos de par en par.

—Soy tuyo, tómame. Si ves algo que te gusta, tómalo.

Estaba jugando conmigo y a mí empezaba a gustarme el juego.

Empuñé su camiseta con ambas manos e incliné la cabeza hasta que noté su aliento en los labios.

—¿Así? —pregunté inocentemente antes de poner mis labios sobre los suyos con osadía.

Leo participó, pero no tomó el control como solía hacer. Así que yo seguí explorando. Moví las manos a su precioso cabello y enredé los dedos en sus mechones sedosos.

Le mordí el lóbulo de la oreja delicadamente y susurré:

—Eres precioso, Leo. Me gusta todo lo que veo. ¿Significa eso que puedo tomarlo todo?

Me trabé al notar de repente que Leo levantaba mi cuerpo y me arrojaba sobre la espalda. Antes de poder tomar otra bocanada, lo miraba por encima de mí. Puso las manos al lado de mi cabeza y entonces me besó. No fue un abrazo delicado ni una caricia provocadora. Leo tomó mi boca como si le perteneciera y hubiera estado separada de ella durante mucho tiempo. Devastó y saqueó con una ferocidad que me hizo aferrarme a él, suplicando más.

—Leo —gemí cuando liberó mis labios y arrastró la boca sobre la piel de mi cuello.

Se me puso la piel de gallina y saboreé cada caricia posesiva. Algo elemental entre nosotros acababa de cambiar significativamente, pero no me quejaba. Lo había deseado durante lo que parecía una eternidad.

—Sí —gemí dejando caer la cabeza hacia atrás para darle acceso a lo que quisiera.

Empuñé su pelo y me aferré, jadeante a medida que las sensaciones carnales empezaban a abrumarme.

—¿Tienes idea de cuánto deseo hacer que te vengas ahora mismo? —me carraspeó Leo al oído—. ¿O cuánto deseo mirarte mientras ocurre?

—No —respondí sin aliento.

¡Mierda! Nunca había visto a Leo tan terrenal y carnal, pero su deseo pareció alimentar el mío propio hasta que quedé jadeante de un antojo que no entendía del todo.

No protesté cuando Leo agarró el bajo de mi camisa, me la quitó sin desabrocharla, por encima de la cabeza, y la dejó caer al suelo.

—¡Madre mía! —dijo con voz ronca—. ¿Por qué no me advertiste de que era un día para levantarte los ánimos?

Mi cabeza tardó un momento en funcionar lo suficiente para entender lo que decía.

—Están bastante tranquilos hoy —dije en voz baja una vez que me di cuenta de lo que estaba diciendo.

Llevaba un conjunto sedoso de ropa interior. El sujetador era blanco con flores de encaje de color marfil, tan finas que prácticamente no me tapaban los pezones. La ropa interior era una bonita braga brasileña que cubría muy poco de mi trasero. Quería sentirme femenina hoy, así que había elegido algo que no era excesivamente sexual, sino sensual.

Leo delineó mis pezones duros a través del fino encaje de marfil antes de abrir finalmente el broche frontal y ahuecar mis pechos desnudos. No estaba especialmente dotada, pero llenaban la mano de L, que pareció valorarlo.

—¡Joder! Eres preciosa, Macy —gimió justo antes de chupar una de las puntas sensibles con toda la boca.

—Ah, Dios —gemí yo mientras él mordisqueaba y lavaba las cimas duras sin la menor piedad—. Sí.

Él mantuvo el mismo asalto sexual en un pezón mientras usaba los dedos para tirar del otro y acariciarlo hasta que prácticamente perdí la cabeza. Esta golpeó el cuero y mi cuerpo ardió en llamas mientras envolvía la cintura de Leo con las piernas.

—Te necesito, Leo. Necesito...

Mi voz se cortó cuando Leo introdujo un brazo entre nosotros, abrió el botón de mis *jeans* y bajó la cremallera mientras decía con voz ronca:

—Necesito tocarte, Macy.

Yo asentí con impaciencia.

—Sí. Por favor.

Gemí cuando él se puso de rodillas para poder bajarme los *jeans* por las piernas.

Cuando llegaron a mis rodillas, se detuvo y se limitó a mirar fijamente.

—Unas braguitas muy bonitas —dijo con una mirada predatoria—. ¿Tienes idea de cuánto quiero arrancártelas y enterrar la cabeza entre tus muslos ahora mismo?

El sexo oral nunca me había ido demasiado bien en el pasado. A la mayoría de los chicos no les emocionaba chupárselo a una mujer, pero el entusiasmo de Leo hizo que ansiara su boca sobre mí.

Este me bajó lentamente las braguitas hasta que reveló mi sexo parcialmente rasurado.

Había dejado un pequeño parche de rizos como pista de aterrizaje, pero por lo demás estaba descubierto. Sentí un escalofrío cuando el aire fresco sopló sobre mi piel desnuda.

—Leo, por favor —supliqué, mi cuerpo en llamas solo por yacer en una postura tan vulnerable mientras su mirada intensa me decía exactamente lo que quería.

Lo mismo que yo necesitaba.

Yo cerré los ojos y me estremecí.

—Jódeme, Leo.

Inspiré al sentir su pulgar explorando entre mi raja hasta que encontró mi clítoris.

—Estás empapada por mí, Macy —dijo Leo con tensión.

—Entonces, jódeme —gemí.

Él volvió a descender y me besó, sus dedos aún jugando con mi gatito.

Me retorcí debajo de él mientras mi lengua se enredaba con la suya, mis caderas se elevaban, suplicando más de lo que me daba. Mis pezones, duros y sensibles, seguían desnudos y raspándose contra su camisa cuando finalmente soltó mis labios. Estaba tan excitada que me sentía salvaje e increíblemente necesitada.

—Leo, por favor. Por favor —supliqué sin el menor ápice de vergüenza.

Aquel hombre podía tocar mi cuerpo hasta dejarme sin sentido.

—Tranquila, cariño —me tranquilizó antes de que sus dientes mordisquearan mi lóbulo—. Sé lo que necesitas.

—Entonces, dámelo —jadeé—. Ahora. Jódeme.

—No puedo —gruñó él.

—¿Por qué? —pregunté, mi cuerpo entrando en un frenesí a medida que Leo aplicaba presión en mi clítoris y empezaba a darme la estimulación intensa que yo anhelaba.

—Porque si jodo contigo ahora mismo, voy a querer más, Macy. Nada más de citas informales, nada de dudas sobre si debemos vernos tanto. Tendremos una relación seria que solo va de tú y yo y de lo que queremos. Nada más de atormentarnos cuando ambos sabemos exactamente lo que queremos. Tienes que estar segura de que eso es lo que quieres antes de volver a pedirme que te joda. Porque no puedo tener sexo casual contigo, guapa.

Mi corazón latía desbocado cuando sus palabras me entraron en la cabeza. Yo no podía tener una relación seria. No podía darle exactamente lo que quería, a pesar de que entendía por qué pedía eso. Comprendía la necesidad de algo más por el vínculo de locura que compartíamos los dos.

—Leo, no puedo darte…

—No importa —dijo con voz ronca.

Él aceleró sus movimientos sobre el sensible manojo de nervios que estaba tocando y sentí que el clímax crecía con una ferocidad que casi daba miedo.

—Vente para mí, Macy —exigió Leo con ese sensual acento británico que me volvía totalmente loca—. Quiero verte. Quiero verte tomar exactamente lo que quieres.

Estaba invitándome a agarrar lo que necesitara, y lo hice.

Apreté las piernas en torno a su cintura, levantando las caderas hasta que mi sexo presionaba fuertemente contra su mano.

—Más —supliqué, el orgasmo empezando a desatarse.

Él me dio más.

Sus dedos me acariciaron más duro, más rápido, y el placer era tan intenso que implosioné.

—¡Leo! —grité cuando mis cortas uñas se clavaron en sus bíceps musculosos—. ¡Leo, qué rico!

—Nunca demasiado rico, nena —dijo hambriento antes de que su boca descendiera sobre la mía.

Me dio un beso brusco y apasionado a medida que el orgasmo me sacudía y luego se retiró y observó mi rostro cuando me corrí tan duro que no estaba totalmente segura de que lo aguantaría.

No detuvo la intensa estimulación de mi clítoris hasta que finalmente empecé a descender lentamente del clímax.

Después de eso, dejó que su pulgar juguetease con el botón sensible, extrayendo cada pizca de placer que pudo obtener de mi cuerpo en el descenso.

Yací allí jadeando, incapaz de moverme al intentar recobrar el aliento mientras Leo me murmuraba palabras tiernas sinsentido al oído. Me dijo lo bonita que era, lo dulce, sensual y perfecta que creía que era. Entonces, se levantó y se dirigió al dormitorio con un rápido:

—Enseguida vuelvo.

Oí abrirse la ducha y supe al instante por qué se había marchado Leo. Yo estaba completamente saciada. No debería haber importado que él estuviera acabando completamente solo. Y, sin embargo, había un vacío en el gesto que penetró el estupor sensual en el que había estado sumergida.

«¡Dios!». Quería estar con él casi más que respirar, pero ¿podía comprometerme como quería Leo? El deseo mutuo no era la cuestión. Si lo fuera, estaría allí lista para empezar. Seguía haciéndome esa pregunta cuando él volvió en calzoncillos bóxer, me quitó los pantalones y el sujetador y me puso la camiseta de dormir. Me abracé a su cuello cuando me levantó y me llevó de vuelta al dormitorio. Suspiré al acurrucarme contra él, consciente de que teníamos que dormir para adaptar nuestro sueño a la hora del mediterráneo.

Oí el tempo de la respiración de Leo volverse regular cuando se quedó dormido con el brazo estrechándome el cuerpo con fuerza.

Mi cuerpo estaba satisfecho, pero mi mente seguía activa, así que tardé mucho más de lo normal en seguirlo a un sueño tranquilo.

CAPÍTULO 17

Leo

—¿ESTÁIS SEGUROS DE que tenéis todo lo que necesitáis para estar cómodos aquí, amigo? —preguntó el príncipe Nick mientras todos permanecíamos parados alrededor del campamento base—. Es bastante remoto.

Habíamos llegado en helicóptero quince minutos antes. Nick me había sorprendido decidiendo ir con nosotros al norte de Lania. Sin duda, yo no me lo esperaba después de que almorzásemos con él y con su padre en palacio en la capital, donde había aterrizado mi avión.

Por lo visto, Nick se tomaba aquella expedición muy en serio, y había querido asegurarse de que teníamos todo lo que necesitaríamos. Sabía que a Macy la dejó ligeramente atónita la necesidad de un largo trayecto en helicóptero. Probablemente debería habérselo contado antes de que ella accediera a venir, pero no até cabos hasta que le vi la cara cuando Nick mencionó la necesidad de un helicóptero porque no había donde aterrizar ninguna otra aeronave en aquel lugar.

A su favor, ella había embarcado y al principio me dio la mano tan fuerte que estuvo a punto de cortarme la circulación de esa extremidad. Más tarde, pareció relajarse porque era un helicóptero grande, y el vuelo fue extremadamente tranquilo. Al final, pareció disfrutar el viaje.

—Estamos equipados, sin duda —le aseguré.

Sinceramente, Nick se había excedido y teníamos mucho más de lo que necesitábamos y de lo que yo esperaba. Había erigido dos tiendas de campaña muy grandes con techos de tres metros y suficiente espacio para caminar. Estaban equipadas con enormes camas hinchables y pequeñas mesas. También había varias carpas con mesas largas para equipo que serían perfectas para un laboratorio improvisado y una pequeña cocina. Además había una ducha de campamento y otras comodidades que, desde luego, no esperaba.

—Casi no he pasado tiempo en esta zona —dijo Nick pensativo—. Estaba ocupada incluso cuando era un niño pequeño y he estado tan ocupado con todo lo que ocurría en la capital que no he volado hasta aquí demasiado para explorar el norte.

—Esto es precioso —le dijo Macy a Nick con una sonrisa—. Gracias por dejarme venir aquí con Leo.

Nick le lanzó a Macy una sonrisa encantadora en respuesta.

—Estás invitada a cualquier lugar de Lania como mi invitada cuando tú elijas.

Le di un codazo a Nick mientras Macy paseaba por el campamento.

—Relaja el encanto, colega —farfullé-

El muy capullo se limitó a sonreírme de oreja a oreja.

—¿Te sientes un poco inseguro, Leo?

—No es asunto tuyo —respondí en voz baja para que Macy no me oyera.

—¡Dios! Tregua —dijo Nick despreocupadamente—. Nunca he sido un hombre que toque a la mujer de otro. Solo quería que ambos os sintierais bienvenidos.

—Te has superado —le dije, con menos ganas de querer estrangularlo—. ¿Cómo va el negocio turístico en la costa?

—Mejor de lo que esperaba —contestó Nick—. Las playas que rodean la ciudad son algunas de las más bonitas del mundo. Vamos a ser un destino popular para gente que quiere buceo y *snorkel* espectaculares. Sabía que nada sucedería de la noche a la mañana, pero Lania está convirtiéndose lentamente en un destino turístico muy deseable, lo cual está ayudando de verdad a mucha gente de mi pueblo a ganarse la vida decentemente.

Yo asentí.

—Me alegro de que tus planes vayan bien.

Estaba contento de que estuviera acomodándose a su puesto, a pesar de que había veces que costaba recordar que Nick era un príncipe heredero. Llevaba un atuendo informal con un par de *jeans,* un polo y unas zapatillas desgastadas en los pies. Hablaba y caminaba como un británico corriente, pero su título era mucho más elevado que la mayoría de los títulos en Inglaterra.

Nick se encogió de hombros.

—Nada ha ido precisamente sobre ruedas. No todo el mundo me acepta como príncipe heredero porque pasé fuera la mayor parte de mi vida, pero las cosas están mejorando poco a poco. Voy a ocupar mi lugar aquí sin importar cuánto tenga que luchar para ganarme el respeto que quiero.

—Sé paciente, Nick —le aconsejé—. La gente se convencerá. Lania ha sufrido muchos cambios en los últimos años.

—Más de los que puedes imaginar —musitó Nick—. Y esperaba tener que ponerme a prueba. Durante sus raros momentos de lucidez, mi padre piensa que debería casarme con una mujer laniana de estatus para ayudar a que avancen las cosas, pero de ninguna manera pienso aceptar un matrimonio concertado para ayudar a la gente a aceptarme. Sucederá con mis logros o no sucederá.

—¿Se hacen matrimonios concertados aquí? —pregunté con curiosidad.

Nick sacudió la cabeza.

—Sin duda se desaconsejará durante mi reinado, pero era una práctica muy aceptada en la generación de mi padre. Mis padres tuvieron un matrimonio concertado. Por suerte, llegaron a amarse. Yo no estoy dispuesto a arriesgarme.

—No puedo culparte, colega —me compadecí.

—¿Qué hay de ti? —preguntó Nick—. ¿Estoy viendo una boda en tu futuro? Parece que Dylan está dispuesto a dar el salto. Acababa de hablar con él justo antes de que llegarais.

—Dylan dará ese salto antes que yo —le informé—. Macy y yo seguimos… descifrando las cosas.

En cierto modo, yo seguía fustigándome por no haber tomado lo que Macy me había ofrecido. Estaba totalmente dispuesta a explorar nuestra atracción física, pero yo sabía que eso nunca sería suficiente. No con ella. No, cuando yo quería explorar mucho más que una relación meramente sexual. No, cuando yo quería más que un simple polvo. Sabía lo que quería, y ser amigos con derecho a roce o salir de vez en cuando y acostarnos ni siquiera estaba en mi radar.

Nick me dio una palmada en la espalda diciendo:

—Lo aclararás todo. Al menos tendréis un poco de tiempo solos aquí. Quiero decir, realmente solos. ¿Eres consciente de que lo más cercano por aquí es un pueblo de pescadores que no está a una distancia caminable.

Yo me encogí de hombros.

—Estoy acostumbrado. Solo asegúrate de volver a aquí a recogernos.

Nick asintió.

—Me voy. Tengo un compromiso esta noche. Tenéis los teléfonos satelitales si los necesitáis. Buena suerte. Significaría mucho para mí si encontráis el lince laniano. Mi pueblo ha perdido mucho. Recuperar el lince les daría a los lanianos algo que celebrar.

—Haré todo lo que pueda, Nick, pero si encuentro pruebas definitivas, tendrás que estar preparado para encontrar la manera de protegerlos. Puedo enviar a mi equipo a ayudar si los necesitas.

—¿Cómo sería esa protección? —caviló Nick,

—Depende —expliqué—. Si hay una población importante, puede que solo necesiten ser protegidos para poder repoblar. Si no, quizás necesiten ayudar para recuperarse. Cruzaremos ese puente cuando lleguemos a él. Por ahora, solo necesitamos pruebas de que siguen vivos.

Nick asintió.

—Llamadme si puedo ayudar de cualquier manera.

Macy volvió paseando y anduvimos con Nick hasta el claro donde esperaba el helicóptero. Estreché su mano y apreté los dientes mientras Macy le daba un abrazo.

«¡Joder!». Estaba perdiendo la cabeza. Ni siquiera podía soportar ver a otro chico tocándola, aun cuando sabía que no era nada inicuo.

El helicóptero de Nick no tardó en despegar y alejarse volando.

—Bueno, ha sido un día interesante —comentó Macy cuando emprendimos el camino de vuelta al campamento. —No puedo creer que acabe de abrazar a un príncipe heredero. Nick es un chico realmente simpático y con los pies en la tierra.

—Siento no haberte avisado del helicóptero, Macy. En realidad no se me ocurrió que podrías dudar de volar en uno por el accidente —le dije con remordimiento.

Ella sacudió la cabeza.

—Ya he montado en uno antes. Solo necesitaba darme un poco de ánimo a mí misma para poder hacerlo de nuevo. Siendo realista, sé que es relativamente seguro volar en uno.

—El miedo no siempre se desvanece con la razón —le recordé.

—Estoy bien —dijo ella rotundamente—. Te lo diría si siguiera temiendo viajar de ese manera. Contigo, parezco abrir la boca y decir lo que pienso.

Le sonreí.

—Me alegro de que no te reprimas.

Ella puso los ojos en blanco.

—No te preocupes por eso.

—Entonces quizás me cuentes si estás bien después de anoche —sugerí.

Había estado preguntándome todo el puñetero día si estaba bien o no con lo que había pasado en el avión. Por la mañana nos habíamos levantado, duchado, aunque no juntos por desgracia, y luego habíamos aterrizado poco después de tomarnos el café. Habíamos tenido compañía durante el resto del día, así que aquella era la primera vez que habíamos podido hablar realmente.

Ella se volvió hacia mí cuando llegamos al centro de nuestro campamento.

—Creo que sabes que fue bueno para mí. Hay algo entre nosotros, Leo. Nunca he experimentado esta clase de química. Simplemente, no estoy segura de cómo me siento acerca de que te corrieras solo después de hacer todo lo posible para asegurarte de que yo quedara satisfecha. No fue un intercambio muy justo.

Yo estaba absolutamente seguro de que sabía de sobra lo que había hecho cuando la dejé. Simplemente no había podido evitar buscar un desahogo y no confiaba en mí mismo cuando Macy estaba tan dispuesta a darme más. Verla venirse tan duro había sido bastante intenso.

—¿Qué preferirías que hiciera? —pregunté.

—Preferiría que me dejaras tocarte —respondió ella—. Preferiría que me llevaras contigo a la ducha.

Yo cerré los puños a los costados al gruñir:

—¿Tienes idea de lo que pasaría entonces? Te deseo, Macy. Nunca he ocultado eso. Habría desnudado y empotrado tu precioso trasero contra la pared de esa ducha.

—Y a mí me habría parecido bien —replicó ella acaloradamente—. Yo no me he andado con rodeos acerca de que también te deseo. Te supliqué que me jodieras, por Dios.

«¡Joder!». Estaba empezando a cuestionar mi decisión. Quizás debería haber dejado que ocurriera. Tal vez nos perderíamos tanto el uno en el otro nunca se convertiría en un problema el que uno de nosotros abandonara la relación. Quizás un compromiso llegaría… ¿después?

«¡Dios!», pensé. No había querido seguir adelante porque sospechaba que en algún lugar en lo más hondo, aún había una parte de Macy que era frágil. Quizás fuera instinto, porque había visto lo destrozada que se había quedado Macy con la muerte de Karma. También había tenido mi hombro para llorar una vez o dos por la muerte de su familia. Sin embargo, sospechaba que esos acontecimientos no eran nada comparados con la intensa angustia que seguía enterrada en su interior. Evidentemente, nunca se había permitido realmente llorar del todo por lo que había pasado ni lidiar con ello. Se las había ingeniado para sobrevivir y yo admiraba su fortaleza, pero me costaba creer que hubiera sanado por completo el daño que le había hecho la tragedia.

Tal vez me equivocara totalmente con respecto a eso, pero no pensaba hacer más daño por no ofrecerle nada más que un polvo satisfactorio. Especialmente cuando yo ya sabía que quería más.

¿Había metido la pata? ¿Debería haber dejado que la relación avanzara como la quisiera Macy?

—Creo que deberías reconsiderar esa decisión —dijo ella en voz baja antes de caminar hacia las tiendas con su macuto a cuestas.

—Puede que tengas razón —dije tras su figura en retirada a pesar de que era demasiado tarde para que ella oyera mis palabras.

CAPÍTULO 18

Macy

PASÉ LOS SIGUIENTES días con Leo colocando las cámaras de rastreo y explorando el área general donde los biólogos lanianos habían localizado las huellas.

No había sido difícil encontrar muchas más huellas y otras pruebas de que aún existían los felinos. Habíamos tomado muchísimas muestras de caca que se parecía mucho a la del lince, y también habíamos colocado trampas de pelo, por si no conseguíamos avistar a un lince laniano en este viaje.

Podían hacerse análisis de ADN del pelo y de las heces para demostrar que los animales seguían vivos, defecando y soltando pelo por los bosques de Lania. Cierto, aún no habíamos visto al felino propiamente dicho, pero yo estaba llena de esperanza de que lo hiciéramos.

Como si fuera un acuerdo tácito, Leo y yo habíamos dejado atrás nuestra riña sobre el sexo para concentrarnos en la misión allí. Leo dormía en su tienda y yo en la mía. En general, la relación seguía siendo civilizada y amistosa, pero no tan despreocupada como antes de que él me hiciera estallar como un petardo. A pesar de la tensión subyacente, todos los días me ponía de muy buen humor la belleza de Lania y el clima extremadamente templado.

—Mira, Leo —dije emocionada, acuclillándome en el rastro de una presa que habíamos estado siguiendo para poner más cámaras—. Más huellas.

Él se acuclilló a mi lado para mirar lo que ambos sabíamos que eran huellas dejadas por el lince laniano.

—Están por todas partes —contestó Leo—. No solo eso, sino que hemos visto bastantes conejos, así que sabemos que la población de conejos es sana. No tardaremos en ver un felino. Los linces son animales solitarios que solo se juntan para aparearse, así que es alentador que estemos viendo tantas huellas. Espero que eso signifique que hay distintos felinos porque todas las huellas parecen de diversos tamaños.

—Todavía no hemos visto ninguna guarida —le recordé.

—Probablemente porque estamos siguiendo rastros de presas para colocar cámaras —respondió él—. Esas guaridas estarán escondidas. Estarán lejos de las pistas que siguen todos los animales al agua dulce.

Había un pequeño lago a un kilómetro y medio o así de nuestro campamento base, y habíamos descubierto pistas de presas por todas las laderas que dirigían al agua dulce.

—Tienes razón —convine irguiéndome—. Supongo que solo estoy emocionada porque ya hemos encontrado muchas pruebas de que están aquí.

Leo se puso en pie a mi lado con una sonrisa.

—No te preocupes. Los encontraremos. Probablemente esta será una de las expediciones más fáciles que he hecho nunca. Hay indicios por todas partes. Primero tenemos que hacer todo el trabajo preliminar, pero empezaremos a sentarnos en persianas mañana o pasado para intentar verlos directamente.

Yo le devolví la sonrisa, mi excitación casi palpable al ver lo cómodo que parecía sentirse en mitad de ninguna parte.

Leo estaba en su elemento y le encajaba como un guante. Estaba tan en forma que probablemente podría caminar kilómetros sin romper a sudar, pero nunca se quejaba de esperarme o tener que bajar el ritmo para igualarlo al mío. Llevaba unos pantalones verde caqui de senderismo, botas de senderismo y una camiseta de manga larga de un color neutro para mimetizarse con el bosque.

Yo iba vestida de manera parecida, ya que Leo me había ayudado a escoger qué traerme.

—Hemos encontrado un buen sitio para todas las cámaras de rastreo que he traído conmigo —afirmó Leo—. Estamos perdiendo luz. ¿Estás lista para volver al campamento? Después de comer puedo sacar el dron de infrarrojos y ver cuánta actividad nocturna tenemos en la zona.

Estaba muy interesada en ver ese dron de infrarrojos en acción. No nos diría que había ahí fuera exactamente, pero podíamos adivinar qué animales podríamos estar viendo en función del tamaño y la velocidad.

Asentí al empezar a caminar a su lado, odiándome por el humor de Leo, ligeramente distante. Era mi culpa que no fuera tan espontáneo como antes de que tuviéramos ese pequeño desacuerdo sobre cómo debería ser la satisfacción sexual. Yo había cuestionado mi incapacidad de acceder a las condiciones de Leo muchas veces durante los dos últimos días.

«¡Dios!». No es que no quisiera darle lo que él deseaba, pero parte de mí seguía aterrada de empezar a llamar a lo que había entre nosotros nada más que salir de manera informal o incluso amistad.

Pero, sinceramente, ¿no era ya exclusivo? No había otro chico con el que yo quisiera salir, y siempre y cuando Leo y yo estuviéramos viéndonos, nunca habría nadie más. En primer lugar, no había otro hombre en la Tierra como Leo Lancaster. Segundo, era el único chico al que había deseado lo suficiente para intentar salir en mucho tiempo. Así que, técnicamente, sería una relación exclusiva. ¿Era suficiente eso? ¿Sería suficiente para Leo? ¿Solo quería saber que éramos monógamos? Sinceramente, no podía culparlo por querer esa exclusividad, a pesar de que seguía estupefacta de que quisiera aquello conmigo. Ya no éramos niños y yo sabía que si me acostaba con un chico, yo tampoco quería de ninguna manera que él estuviera con otras mujeres.

¿De verdad pensaba que habría otro chico en escena después de que él y yo nos hubiéramos desnudado juntos? Ni siquiera era posible para mí. Sí, podía no compartir fácilmente. Entonces, ¿por qué dudaba tanto en decírselo a Leo? Ah, sí. Es verdad. Las relaciones me cagaban de miedo y yo no era la clase de mujer que las tuviera largas. Por lo visto, en algún punto del camino, había olvidado aquello a medias cuando Leo Lancaster entró contoneándose en mi vida.

No quería solo acostarme con Leo y después alejarme o tratarlo como sexo informal. También había una amistad entre nosotros y ese vínculo de locura que ninguno de los dos parecía comprender del todo. Aparentemente, él sentía lo mismo. Entonces, ¿por qué era tan difícil para mí reconocerlo? Probablemente yo había exagerado. Si su idea de una relación seria era simplemente que ambos nos respetásemos y no viéramos a otras personas mientras mantuviéramos una relación sexual, podía aguantarlo.

—La ducha del campamento debería estar lista si quieres usarla —dijo Leo a medida que nos acercábamos al campamento—. Cargué agua antes al terminar de ducharme. Creo que Nick dejó bastante agua para nos quedemos aquí durante un año entero.

Me dieron ganas de gemir. No es que no quisiera darme esa ducha, pero juraría que la puñetera ducha de campamento me odiaba.

No parecía conseguir un hilo de agua decente que durase mucho tiempo. El agua estaba caliente porque era solar y allí abundaban las temperaturas cálidas y la luz. Todo lo que podía funcionar con energía solar allí, lo hacía. El pequeño fogón del campamento funcionaba con propano, pero incluso loas diminutas neveras que utilizábamos eran solares con reserva. Era agradable poder ducharse todos los días. Simplemente, la ducha de campamento era un poco frustrante.

—Gracias —respondí finalmente.

Caray, terminaría descifrando la estúpida ducha si había manera de conseguir que saliera más que un hilillo de agua. Era un problema pequeño en comparación con todo lo maravilloso que estaba experimentando ahora. Las vistas desde las montañas y bosques de Lania eran impresionantes y nuestra búsqueda del lince laniano era lo más emocionante que había hecho en mi vida.

—Empezaré a preparar algo para la cena si quieres ducharte. Hay unas cuantas cosas en la nevera que puedo hacer a la plancha —se ofreció Leo.

Como no había otra alma en docenas de kilómetros, no había necesidad de nada más que una ducha al aire libre colocada detrás de las tiendas de campaña.

—Vale, no tardaré —le dije al emprender el camino hacia mi tienda para tomar algo de ropa limpia. Si iba a ducharme, no pensaba volver a ponerme ropa sucia.

La única manera como podíamos lavar la ropa era hacerlo a mano y utilizar las brisas mediterráneas para secarla, pero funcionaba. Después de tomar algo limpio para llevar en el campamento y una toalla, me escabullí a la parte trasera de las enormes tiendas donde dormíamos y empecé a quitarme la ropa. Había superado toda duda que había tenido de estar en pelotas en la naturaleza. No era como si ninguno de los animales de la zona fuera a prestar atención a mi atuendo.

La brisa cálida besó mi piel cuando me desnudé. No iba a quejarme de que aquella ducha en concreto no tuviera mampara. Era demasiado increíble estar rodeada de belleza natural. Como prometió, Leo había llenado la enorme bolsa de la ducha hasta arriba, y el diminuto hilo de agua era agradable y cálido a medida que humedecía mi piel y cabello.

Alcancé el jabón biodegradable y primero me limpié el cuerpo, agradecida de que el príncipe Nick realmente hubiera pensado en todo. Una vez que terminé de enjuagarme con torpeza, dudé al ir a alcanzar el champú biodegradable. Aclararme el pelo probablemente sería un poco menos elegante y difícil de lo que había sido conseguir despacio agua suficiente para retirar el jabón de mi cuerpo. Necesitaba un poco más de volumen para lavarme el pelo.

«¡Mierda! No voy a darme una ducha sin lavarme el pelo solo porque no sea práctico».

Suspiré al verter un pegote de champú en mi mano y empecé a aplicármelo en el cabello. No iba a pasarme una o dos semanas correteando con el pelo sucio. Solo tendría que ser paciente con el proceso de lavarme el cuerpo y el cabello. Pisé la bomba de pie una vez que estuve enjabonada y accioné la boquilla. El agua goteaba por mi cabello a paso de tortuga.

—¡Mierda! ¡Mierda! ¡Mierda! —maldije.

Evidentemente, aquello me llevaría un rato…

CAPÍTULO 19

Leo

ESTABA SACANDO DE mi mochila unas bayas salvajes que había encontrado cerca del lago antes cuando oí la maldición fuerte y frustrada de Macy:

—¡Mierda! ¡Mierda! ¡Mierda!

No sabía si sentirme alarmado o ligeramente divertido al dejar caer las últimas fresas salvajes en una tartera. Cuando escuché un pequeño chillido que siguió a su irritada maldición, decidí que probablemente debería investigar.

—¿Macy? —pregunté parado a un lado de mi tienda—. ¿Estás bien?

—Es esta condenada ducha de campamento —dijo en tono molesto—. No consigo que funcione bien.

Sí, la había visto desnuda o prácticamente desnuda antes, pero no iba a entrar en plena ducha si a ella no le parecía bien.

—¿Puedo entrar? —pregunté, incapaz de contener el humor de mi voz.

Ella soltó un largo suspiro.

—No es como si no lo hubieras visto todo antes.

De hecho, no lo había visto todo, pero no iba a discutir su afirmación. Intenté contener la sonrisa al rodear la esquina y ver una de las vistas más fascinantes que jamás había contemplado. Macy Palmer era guapa cuando iba vestida. Era aún más magnífica sin ropa.

Intenté no ser un capullo mirando descaradamente su cuerpo desnudo, pero no era una vista fácil de ignorar.

—¿Qué pasa? —pregunté al detenerme a su lado.

—El hilo de agua es un asco —me informó—. Tengo la cabeza llena de champú y lo único que consigo es un hilillo. No sé qué estoy haciendo mal. No es como si pudiera conectarme a internet y solucionar el problema.

Pisó la bomba de pie y luego extendió la boquilla para mostrarme lo que quería decir.

Sus ojos seguían cerrados cuando el cabezal de la ducha improvisada cortó ese pequeño chorro de agua porque el champú le corría por la cara.

«¡Madre mía!». Era una vista preciosa, incluso frustrada y con champú corriéndole por las mejillas.

Sonreí de oreja a oreja mientras le quitaba el cabezal, le puse la mano en el hombro y la alejé de la bomba de pie.

—¿Lista?

—Desde ayer —respondió ella secamente.

Aumenté la presión en la bolsa en alto y sostuve la boquilla por encima de su cabeza mientras el agua salía a chorros.

—Ay, Dios —gimió ella levantando las manos hacia arriba para empezar a aclararse el cabello—. Se puede sacar un hilo de agua decente.

—Mantendré el agua corriendo y tú enjuágate el cabello —sugerí, intentando no percatarme de lo increíblemente curvilíneo que era el trasero de Macy.

De acuerdo, tal vez estuviera mirando, lo cual probablemente me convertía en un capullo. Tendría que ser un puto santo para no echar un vistazo a esa preciosa mujer mientras tenía la oportunidad. Y desde luego, no estaba listo para la santidad.

—Esto es alucinante —dijo con un gemido.

—¿Por qué no me pediste que te ayudara en lugar de intentar darte una ducha con solo un chorrito de agua? —pregunté, aún sonriendo como un idiota mientras observaba cuánto disfrutaba de un verdadero chorro de ducha.

La bolsa que contenía el agua era bastante grande en lo que respecta a las duchas de campamento. Ella no podría permanecer allí debajo eternamente, pero proporcionaba un chorro de agua decente durante el tiempo suficiente para darse una ducha rápida.

—Creía que podría resolverlo —respondió con voz contrariada.

Estaba casi seguro de que lo habría hecho, tarde o temprano.

—Necesitabas más presión en la bolsa —le dije—. Lo único que tenías que hacer era bombearla más. Mucho más, de hecho.

—Tiene sentido ahora que lo has dicho —respondió ella mientras pasaba los dedos entre sus mechones mojados para asegurarse de que estaban aclarados—. ¿Recuerdas que dije que había acampado antes?

—Sí —respondí yo concisamente.

—En realidad me refería a que había acampado... en una caravana. Una camioneta que ya tenía ducha integrada —compartió—. Sin papel higiénico biodegradable, duchas de campamento, energía solar o colchones hinchables. No es que me queje de los colchones de aire porque en realidad son muy cómodos.

No pude contenerme. Eché la cabeza atrás y me reí. Después de recuperarme, dije:

—Este campamento remoto es bastante lujoso de hecho, pero lamento no haber pensado en darte una pista sobre algunas de las cosas que nunca has usado.

—En general, me las he apañado bien —dijo ella, el tono ligeramente defensivo—. Supongo que no estoy acostumbrada a subsistir, pero no tengo síndrome de abstinencia por falta de un teléfono móvil o una televisión. En realidad, no los echo en falta.

Yo sonreí de oreja a oreja cuando extendió el brazo hacia atrás en busca de la toalla.

Se la entregué y solté la boquilla para que la ducha se cerrase mientras le decía con sinceridad:

—Lo has hecho fenomenal para alguien que no está acostumbrada a hacer trabajo de campo, Macy. La mayoría de la gente que no está habituada a permanecer en zonas remotas se pone nerviosa después del primer día.

Ella se secó la cara y vi sus preciosos ojos grises por primera vez desde que había empezado a ayudarla con la ducha cuando dijo:

—Sinceramente, no extraño nada. Es una experiencia tan alucinante que me pellizco un par de veces al día solo para recordarme que es real. Estoy aquí, en Lania, con Leo Lancaster en el posible rescate de una especie. No hay nada mucho mejor que eso.

—A menos que quieras tener en cuenta la ducha de campamento —la provoqué, incapaz de dejar de mirarla a los ojos.

Ella me miró tímidamente mientras preguntaba:

—¿Cuántos bombeos?

—Probablemente seis o siete para empezar con esta —dije con voz áspera cuando lo íntimo de la situación empezó a afectarme.

—¡Ups! —dijo ella envolviéndose el cuerpo con la toalla—. Supongo que necesitaré trabajar las piernas mucho más.

—Estaré encantadísimo de ayudarte siempre que me necesites —la informé con voz áspera.

—No hace falta ahora que sé cómo utilizarlo —contestó con poca seriedad.

—Quizás no debería haberte contado cuántos bombeos hacen falta —le dije.

Ella se sonrojó de un rosa claro mientras exigía:

—Vete para que pueda vestirme.

Me volví y empecé a caminar de vuelta a nuestra cocina improvisada. Tal vez me hubiera puesto duro el pito, pero había disfrutado totalmente el pequeño interludio. Todavía no tenía ni idea de cómo arreglar las cosas entre nosotros dos, pero estaba decidido a descubrirlo. Las relaciones eran difíciles para ella y era comprensible por qué se sentía así. Yo debería haber sido más paciente y haber abordado las cosas de otra manera. No debería haberla presionado. Debería haber esperado y dejado que las cosas se desarrollaran a su ritmo, aunque avanzaran a paso de tortuga. Teniendo en cuenta lo difícil que había sido convencerla de que saliera conmigo, era poco probable que fuera a querer salir con otro chico, ¿verdad?

Su gran problema era el compromiso, porque reconocer que le importaba lo suficiente para mantener una relación seria significaba que sus emociones estaban implicadas.

«¡Joder!». Ya sabía que sus emociones estaban implicadas, al igual que ella sabía que las mías también lo estaban.

No importaba cuánto tuviera que mantener aquella danza absurda para hacer mía a Macy por fin. Lo haría hasta que ella estuviera preparada para decirme que nunca habría nadie más para ella. Nunca. Porque yo ya sabía que ella era todo para mí. Había encontrado aquello que era más importante que mi carrera. Macy Palmer. Era la única mujer sin la que yo no podía vivir y no tenía ningún problema en reconocer la verdad. Encontraría la manera de resolver las cosas, porque si no lo hacía, no había otra mujer ahí fuera para mí. Lo sabía con tanta certeza como sabía mi propio nombre.

—Gracias, Leo —musitó Macy al detenerse, ahora completamente vestida, justo frente a mí—. Me siento un poquito estúpida.

—No —dije mecánicamente mirando su pelo mojado y sus solemnes ojos grises—. ¿Por qué ibas a sentirte estúpida cuando todo esto es nuevo para ti? Debería haberme ofrecido a enseñarte cómo usarlo todo. Estás aquí ayudándome y sabía que nunca habías hecho trabajo de campo.

Ella sonrió débilmente.

—Afirmé tener un poco de experiencia acampando, pero me he dado cuenta de que una cosa es acampar y luego está acampar de verdad. Cuando estás tan remoto que no tienes teléfono móvil, televisión, electricidad, dispositivos de ningún tipo, servicios o agua corriente, es bastante real.

Le devolví una sonrisa.

—Bienvenida a mi mundo.

—¿De verdad consideras esto lujoso? —preguntó.

Yo asentí.

—Desde luego. Darse una ducha o dos de verdad cada día es mucho, e incluso tenemos una parrilla en lugar de cocinar en el fuego. Y tener refrigeración de ningún tipo es bastante raro.

—Y estoy segura de que normalmente no tienes colchones hinchables —añadió—. Pero agradezco que Nick nos los proporcionara.

—Eso por no mentar más agua de la que vamos a utilizar porque Nick la trajo por aire —añadí yo—. Normalmente nos repartimos el trabajo cuando tengo a mi equipo, pero independientemente de cuántas manos tengamos, no suele ser tan bueno como esto. Todo depende de los suministros que tengamos disponibles y lo que podamos obtener de la naturaleza. Encontré unas bayas antes. —Gesticulé con la cabeza al recipiente lleno de bayas en la improvisada mesa de la cocina.

Macy soltó un grito de asombro al mirar el botín.

—Son enormes. ¿Son moras?

—Y fresas —le dije.

—No me habías contado que eras un experto en comestibles silvestres —me amonestó.

—No me lo preguntaste —contesté en tono jocoso—. Cuando pasas mucho tiempo al aire libre, creo que se convierte automáticamente en una destreza adquirida. Nosotros llevamos comida, pero ayuda cuando puedes complementar tus provisiones de comida con la naturaleza, especialmente si el viaje es realmente remoto. Sobre todo cuando estás intentando alimentar a un equipo entero todo el tiempo.

—Imagino que hay un límite a lo que puedes llevar —caviló ella—. Sobre todo cuando necesitas tantas herramientas y equipo.

—Esta vez en realidad no necesitábamos comestibles adicionales —respondí—. Pero esas bayas tenían muy buen aspecto.

Se le iluminaron los ojos, alzó la mirada hacia mí y sonrió.

—Parecen deliciosas. Las fresas y las moras son mis preferidas.

Había dudado antes acerca de perder el tiempo necesario para recolectar las bayas. Teníamos suficiente comida y yo estaba impaciente por terminar de colocar las cámaras. Ahora sabía que había merecido la pena cada segundo que había tardado solo por ver sonreír a Macy.

CAPÍTULO 20

Macy

MÁS TARDE, AQUELLA noche, no dudé en meterme en la cama de Leo mientras los truenos retumbaban y la lluvia empezaba a caer sobre el techo de su tienda. No tenía ni idea de por qué, pero cada vez que tenía el mismo sueño recurrente sobre mi familia, mi primer instinto al despertarme era encontrar a Leo. Esta vez fue fácil encontrarlo porque su tienda estaba justo al lado de la mía. No sabía si me habían despertado los truenos o si solo me había sobresaltado porque había llegado a la parte de mi sueño en la que siempre despertaba. El colchón hinchable de Leo era enorme, así que tuve que arrastrarme por él hasta acurrucarme contra su espalda.

—Esto está empezando a convertirse en algo peligrosamente habitual —dijo Leo en un barítono divertido—. ¿Una pesadilla?

—La misma —dije estremeciéndome contra su espalda—. Lo siento.

Leo dio la vuelta y me atrajo entre sus brazos, sin hacer más preguntas.

Cerré los ojos y saboreé la calidez que me brindaba su enorme cuerpo musculoso y la manera en la que daba sencillamente incluso antes de que yo tuviera que pedirlo.

—Estoy aquí. Te tengo, Macy —farfulló—. Nunca dudes en venir a mí si me necesitas.

—Hay tormenta —dije, afirmando lo obvio.

—Se pasará, y no me preocupa que esta tienda no vaya a resistir. Nick montó la mejor del mercado.

—Hemos tenido tan buen tiempo hasta ahora —musité.

—Debería clarear para la mañana —dijo él—. No habían predicho nada más que buen tiempo y Nick me habría llamado al teléfono satelital si fuera algo serio.

—No estoy preocupada —le dije apoyando la cabeza contra su hombro—. Llámame rara, pero a veces me gusta la lluvia.

Él me acarició el pelo con la mano diciendo:

—Probablemente no me importaría si la lluvia no hubiera desteñido algunos de mis mapas de exploración. Puede ser una molestia.

—Supongo que sí —convine distraídamente mientras retrocedía un poco para poder deslizar las manos por su magnífico torso desnudo y abdominales cuadrados. Era evidente para mí que Leo estaba desnudo a excepción de unos calzoncillos *bóxer* y me ardían los dedos por la desesperada necesidad de tocarlo.

Ese sueño en particular siempre me hacía sentir condenadamente sola. Quizás era por eso por lo que siempre buscaba a Leo después.

Él agarró mis muñecas con delicadeza cuando bajé más.

—Cuidado, corazón —dijo Leo con voz grave y tensa—. Estás adentrándote en terreno peligroso y no estoy seguro de tener paciencia para resistirme a la tentación esta noche.

Yo tiré de mis muñecas.

—Pues no lo hagas. Déjame tocarte, Leo —lo insté—. No me gusta cómo son las cosas entre nosotros ahora mismo. Debería haberte dicho que me parecía bien una relación exclusiva entre nosotros. Yo tampoco querría que te acostaras con nadie más. ¿Por qué iba a querer salir o estar con nadie más cuando te tengo a ti? Solo espero no haberlo estropeado todo entre nosotros.

—Nunca podrías enfadarme lo suficiente para alejarme de ti —siseó Leo—. Y sé que cometí un error al insistir en más de lo que quieres dar ahora mismo. Creía que yo lo había estropeado todo. Es tu decisión, cariño. Puedo esperar, Macy, sobre todo si tú estás dispuesta a darnos otra oportunidad. Te adoro. ¡Joder! Ya debes saberlo a estas alturas.

—Lo sé, y a veces me da miedo —le dije con sinceridad. Realmente no entendía qué veía él en mí cuando podía tener prácticamente a cualquier mujer que deseara.

Leo me atrajo sobre él con un fuerte tirón mientras decía:

—Que no te dé. Déjame quererte, Macy. Ya has estado sola bastante tiempo.

Algo en mi interior se derritió. Anhelaba el afecto de Leo tanto como lo temía. Este soltó mis muñecas y supe que estaba dándome libertad para tocarlo todo lo que quisiera. Y Dios, vaya si quería…

Me senté a horcajadas sobre él, pegué el sexo a su miembro duro como una roca y recorrí su longitud de arriba abajo, deleitándome en lo íntimo del movimiento.

—¡Joder, Dios! —gimió.

—Eres muy grande, Leo —le dije con voz maravillada al gatear entre sus piernas y bajarle los calzoncillos. Los arrojé a un lado, me quité la camiseta grande que usaba para dormir y la tiré junto a los *bóxer*.

Envolví su miembro masivo con la mano y lo acaricié, deleitándome en el tacto sedoso de la piel tersa que cubría el duro acero de la vaina.

—¡Dios! Me estás matando, mujer —carraspeó Leo.

La tienda estaba a oscuras excepto por una microlinterna solar que estaba atada a la cremallera de la puerta de la estructura. Su luz daba el suficiente resplandor para ver lo suficiente, levantarse y salir si surgía la necesidad. Por suerte, también me proporcionaba a mí la iluminación que necesitaba para ver qué estaba haciendo.

Sequé la pequeña gota de humedad de la punta de su verga y la probé. Lo sentía observándome al inclinarme para tomar con la boca todo lo que pudiera manejar. Cuando solté un zumbido de satisfacción, él gimió y ensartó las manos en mi pelo.

—Voy a correrme como un puñetero adolescente si no paras, Macy —gruñó.

Decidí que tenía muchas ganas de verlo y probarlo, así que eché la cabeza hacia atrás, jugueteé con la lengua en el glande sensible y entonces redoblé esfuerzos para mamársela más fuerte.

—¡Joder! —siseó Leo—. He tenido fantasías con esto, pero la realidad es mejor. Tienes que parar, cariño.

Ni hablar de parar. El placer de Leo era mi placer. Deslicé la mano subiendo por su muslo y le acaricié las pelotas con delicadeza mientras subía y bajaba, dejando que Leo marcara el ritmo agarrándome del pelo.

—Es jodidamente rico —elogió Leo, la voz ronca e increíblemente *sexy*.

No era precisamente una experta en sexo oral, pero como él parecía estar disfrutando lo que yo hacía, no pensaba parar.

—¡Joder! Te dije que no aguantaría. Voy a estallar, Macy. ¡Estás avisada! —dijo con un tono grave y lujurioso.

Chupé más rápido y más duro, más deseosa de hacer que Leo se viniera que de nada en el mundo en ese momento. Tener la capacidad de hacer que un tipo como Leo perdiera totalmente la cabeza era una sensación poderosísima. Yo también quería proporcionarle tanto placer y satisfacción como él me había dado a mí en el viaje de avión antes de dejarme para masturbarse solo.

Leo retiró la mano de mi cabeza, presumiblemente para que yo pudiera apartarme, lo cual tampoco iba a ocurrir. Quería saborearlo y lo hice ávidamente cuando se vino.

—¡Dios, Macy! —rugió a medida que yo tragaba su eyaculación.

Cuando el único sonido en la tienda era la pesada respiración de Leo y el golpeteo de la lluvia, me deslicé por su cuerpo y enterré la cara en su cuello. Sus brazos me rodearon y me sostuvieron contra él, y yo me regodeé en la sensación embriagadora de que los dos por fin estuviéramos piel con piel.

—Qué bueno tocarte —susurré contra su cuello.

Él enredó los dedos en mi cabello al preguntar:

—¿Qué demonios acabas de hacerme?

Yo sonreí contra su hombro.

—Es lo mismo que tú me hiciste a mí en el avión.

—No, cariño —dijo con voz ronca—. Esto ha sido mucho mejor que eso.

—¿De verdad era una de tus fantasías? —pregunté con curiosidad, de pronto deseosa de conocer todas las fantasías que había tenido para poder hacerlas realidad.

Él rio entre dientes.

—¿Cómo puedes dudarlo viendo lo rápido que terminó?

—Quiero hacerte feliz, Leo —compartí.

—Me haces más feliz de lo que he sido en toda mi vida —dijo él con voz sensual—. Y eso funciona en ambos sentidos. Yo también quiero hacerte feliz, corazón.

—Lo haces —susurré—. Solo que ha pasado mucho tiempo desde que he dejado que nadie se acercara a mí.

Él me acarició la espalda con una mano.

—Lo sé, cariño, pero me cortaría una extremidad antes que hacerte daño.

—Entonces, centrémonos únicamente en el placer ahora mismo —dije en tono sugerente.

Leo sostuvo mi cabeza entre las manos y me besó, girando hasta quedar encima mientras me robaba la boca.

—Ese resulta ser mi único objetivo en este momento —dijo una vez que liberó mis labios—. Parece que te tengo exactamente donde te quería desde el primer momento en que te vi.

Yo solté una risita. No pude contenerme.

—Creo que estás fuera de servicio por ahora.

—No por mucho tiempo —me advirtió mientras exploraba la piel sensible de mi cuello—. Y no para lo que tengo en mente ahora mismo.

Se me cortó la respiración cuando se abrió camino a lametones desde mi hombro hasta mi pecho.

—Leo —jadeé, saboreando cada sensación increíble.

Él ahuecó mis pechos y los colmó de atención, tomándose su tiempo para que ninguna quedara descuidada. Mordisqueó y chupó, jugando con las cimas sensibles y duras hasta que yo grité>

—¡Sí!

Me retorcí debajo de él, deseosa de más, necesitada de más.

Como si él sintiera mis necesidades, deslizó su gran mano por la parte interna de mi muslo hasta que sus dedos rozaron mis bragas empapadas.

—Ya están empapadas, Macy —gimió Leo al descender por mi cuerpo y empezar a bajarme las bragas mojadas por las piernas—. ¿Sabes cuánto deseo ponerte la cabeza entre los muslos para poder chupar esa preciosa raja?

—No tienes que hacerlo —jadeé.

Ningún hombre al que hubiera conocido nunca había querido comérmela de verdad.

—Por favor, no me digas que protestarás si lo hago —dijo Leo con una voz sensual y totalmente excitada—. Me decepcionaré si lo haces.

—La mayoría de los tíos no quieren...

Él arrojó las bragas a un lado y me abrió bien las piernas.

—Yo no soy la mayoría de los tíos y no hay nada que desee más que comerte hasta que te vengas gritando mi nombre —insistió con un barítono áspero.

«¡Dios!». Dicho de aquella manera...

—No tengo quejas —jadeé con urgencia.

—¡Menos mal! —farfulló él justo antes de enterrar la cabeza entre mis muslos.

—Ah, Dios, sí. ¡Leo, por favor! —supliqué mientras su lengua invadía mi sexo como si tuviera que devorarlo o morir.

Todo mi cuerpo se estremeció cuando él se aferró a mi trasero con una mano y me atrajo contra su boca como si no pudiera hartarse. Arqueé la espalda porque el placer era muy intenso y enterré las manos en su pelo sedoso.

Me lamió de abajo arriba una y otra vez, asegurándose de no dejar ni un milímetro de piel sensible sin tocar antes de que su lengua empezara a rodear mi clítoris.

Me provocaba y yo no sabía si podría soportarlo.

—Más —insistí mientras agarraba su cabello con un puño—. Haz que me vaya antes de que pierda la cabeza, Leo —supliqué.

Toda provocación terminó y Leo me lamió el clítoris con la estimulación que necesitaba desesperadamente. Jadeé cuando introdujo un dedo en mi vagina sin abandonar la estimulación que estaba aplicando al diminuto manojo de nervios.

—¡Sí! Por favor. Qué rico —gemí.

Sentí que el clímax se erguía.

—Estoy muy cerca —jadeé, todo el cuerpo a punto de estallar en pedazos.

Él buscó y encontró mi punto G con el dedo, y eso fue todo lo necesario.

Me hizo llegar y mi espalda se arqueó hacia arriba separándose de los colchones hinchables mientras yo gritaba:

—¡Ah, Dios, Leo! ¡Leo!

Me vine, el clímax prolongándose más y más mientras él mantenía su asalto sensual hasta que yo quedé completamente agotada.

CAPÍTULO 21

Macy

FINALMENTE, LEO ASCENDIÓ por mi cuerpo y me besó. Yo gemí al saborearme en sus labios y su lengua. Seguía intentando recobrar el aliento cuando él soltó mis labios.

—Jódeme, Leo —supliqué mientras deslizaba las manos por su espalda, consciente de que nunca sería capaz de hartarme de ese cuerpo increíble—. Confía en mí. No habrá nadie más que tú mientras estemos juntos.

—Confío en ti —me carraspeó al oído al alcanzar su cartera en la mesilla junto al colchón—. ¡Joder! Estoy seguro de que yo deseo esto más que tú, pero quiero que dure. Parece que no tengo ningún control tratándose de ti.

Vi que sacaba un condón de su cartera antes de volver a dejarla caer sobre la mesilla.

Le quité el envoltorio de la mano cuando él se puso de rodillas y después me incorporé y lo abrí.

Leo estaba ahí, entre mis muslos, cuando empecé a desenroscar el condón.

—Creo que deberías haberme prevenido de que eras un dios del sexo antes de que empezara todo esto —le dije al terminar con el condón y tirar el envoltorio sobre la mesa—. ¿De verdad crees que voy a ser coherente el tiempo suficiente para calcular cuánto tardas en llegar al orgasmo? Porque, sinceramente, Leo, voy a disfrutar esto y no me importa una mierda. Ha pasado bastante tiempo para ambos.

Yo me abracé a su cuello y lo atraje conmigo cuando volví a tumbarme.

Él me retiró el pelo de la frente mientras decía:

—Nunca he deseado a una mujer tanto como te deseo a ti, corazón.

Yo ahuequé su mandíbula y deslicé los dedos por la áspera barba incipiente que la recorría.

—Entonces, muéstramelo, Leo. Por favor.

Jadeé cuando me penetró con una poderosa embestida.

—Leo —gemí.

Era un hombre grande y hubo un momento de incomodidad mientras mi cuerpo se ajustaba a él.

—¿Estás bien? —preguntó manteniéndose inmóvil, la voz áspera y dura. —¡Joder! No quiero hacerte daño. Estás muy apretada.

—No es nada —susurré—. Solo he tardado un minuto en acostumbrarme a ti. Realmente hacía mucho tiempo. Estoy bien. Jódeme, Leo. Por favor, no pares.

—Cariño, no tienes que pedírmelo dos veces —respondió Leo mientras lo sacaba y volvía a embestir.

—Síiii… —dije con un largo gemido.

Él me estiraba, desafiaba a mi cuerpo a aceptarlo y la sensación era increíble. Le envolví la cintura con las piernas y me aferré a medida que él emprendía un ritmo sensual que parecía crudo y elemental. Mi cuerpo se erguía para encontrarse con el suyo, ambos esforzándonos por alcanzar la misma dicha sin refinar que nos llevaría al abismo.

—Qué rico, Leo —gemí mientras mis piernas se apretaban en torno a él—. Jódeme más duro.

Aumentó el ritmo casi de inmediato a medida que respondía:

—No puedo esperar a sentir cómo te vienes sobre mi verga.

Un escalofrío me recorrió la columna. Seguía sonando como si tuviera control absoluto mientras yo empezaba a perder la cabeza lentamente.

Le mordí el lóbulo de la oreja y después deslicé la lengua a lo largo del pulso rápido de su cuello. Sentí que mi orgasmo se erigía. No me cabía duda de que él obtendría su deseo de que yo llegara al clímax. Al acariciarle la espalda con una mano, noté una fina capa de sudor que cubría su piel, lo cual hacía que nuestros cuerpos se deslizaran juntos en la danza perfecta.

—Más rápido, Leo. Más fuerte. Qué bueno sentirte —mascullé sin pensar, el cuerpo preparado y listo para entrar en erupción.

Él empezó a embestirme. Más fuerte. Más rápido. Más ardiente.

—¡Sí, Leo! —exclamé—. ¡Qué rico, tengo que correrme, no aguanto más!

Sabía que estaba divagando, pero era la única forma de hablar que podía manejar.

—Eres mía, Macy. Siempre serás mía, joder —gruñó Leo mientras movía la mano entre nuestros cuerpos y acariciaba una y otra vez mi clítoris hinchado con un dedo áspero.

Escuchar las palabras posesivas de Leo probablemente debería haberme alarmado, pero no lo hizo. Detoné al instante, el orgasmo que estaba anticipando me golpeó de lleno.

—¡Ah, Dios, Leo! —grité mientras mi cuerpo se sacudía con el clímax más intenso que había experimentado nunca.

—¡Joder, sí! —gimió Leo a medida que mi orgasmo lo acercaba a su propio desahogo.

—Ha sido intenso. Muy intenso. Muy intenso —canturreé a medida que empezaba a descender.

Leo estrechó su abrazo en torno a mí.

—Te tengo, Macy. Te tengo.

Empezaron a caerme lágrimas por las mejillas cuando Leo giró hasta ponerme sobre él y comenzó a mecerme suavemente mientras recobrábamos el aliento. Quizás debería haber sabido que si perdía el control y caía al abismo, Leo estaría ahí para atraparme. Pero no había contado con nadie excepto conmigo misma durante mucho tiempo.

Él tomó mis labios y me dio un beso largo, dulce y tierno que hizo que se me encogiera el corazón.

—¿Estás llorando? —preguntó cuando hubo liberado mis labios, confundido.

—No —mentí descaradamente levantando la mano para secarme las lágrimas de la cara.

—Sí —me corrigió—. ¿Por qué?

—Ni siquiera estoy segura —dije apoyando la cabeza sobre su hombro—. Hacía mucho tiempo para mí, Leo, y nunca ha sido así. No me he ido a la cama con nada ni nadie excepto mi vibrador desde hace mucho tiempo.

Él rio entre dientes y le propiné un palmetazo en el hombro.

—Lo digo en serio. He estado sola.

Deslizó una mano delicada de arriba abajo por mi brazo al contestar:

—Lo sé, corazón. Lo mismo digo. Pero sinceramente no creo que me importara estar solo hasta que te conocí.

—Creo que yo tampoco echaba nada de menos —convine—. Hasta que conocí a un tipo sobre el que antes solo podía fantasear.

—El Indiana Jones de la fauna —dijo él secamente—. Cariño, si acaso, tú eres demasiado buena para mí.

Yo solté un bufido.

—Sí, claro. Qué suerte tienes por haber terminado saliendo con una mujer que adopta mascotas neuróticas obsesionadas con tirar de la cadena. Leo Lancaster, podrías tener a cualquier mujer que quisieras.

Él me besó el cogote.

—La única mujer a la que he deseado en realidad eras tú, probablemente porque eres lo bastante buena para adoptar mascotas neuróticas que no quiere nadie.

—Tampoco soy capaz de descubrir cómo utilizar una ducha de campamento —le recordé en tono jocoso.

—Eso —dijo de buen humor—, nunca, jamás será un problema. Estaré ahí fuera y te la sujetaré cualquier día de la semana.

—Eres un pervertido —bromeé.

—Casi nada —respondió él—. No hay hombre con sangre en las venas en este planeta que no ayudaría a una mujer guapa como tú con su ducha de campamento.

—Ya no debería necesitar tu ayuda. Ahora sé cómo usarla.

—Qué lástima —respondió con fingida decepción mientras salía de mi cuerpo y se levantaba para quitarse el condón y meter los pies en las botas.

Cuando empezó a abrir la cremallera de la tienda, yo dije:

—¿No pensarás salir a la lluvia solo para tirar un condón?

No veía su rostro con claridad, pero oí la diversión en su voz cuando contestó.

—Sí. Admito que no estoy seguro acerca del protocolo con los condones en la naturaleza, pero debe de ser parecido. Después de lo que acababa de pasar, me empaparía encantado para que pienses que has encontrado a un tipo genial que no te hace compartir el espacio con un condón usado.

Yo me reí mientras él abría la cremallera de la puerta de la tienda y salía disparado afuera. No hacía frío exactamente, pero estaba en pelotas y oí que la lluvia seguía cayendo. Cierto, me percataba de que había amainado un poco, pero aun así…

Leo volvió por la puerta unos minutos después, se quitó las botas y se secó con una toalla.

—He traído un poco de agua —dijo pasándome una botella.

Yo me senté y la acepté.

—Gracias.

Tenía sed y me bebí la botella entera enseguida. Él dejó su botella vacía a un lado y volvió a la cama.

—¡Estás frío! —exclamé con una risita cuando Leo atrajo mi cuerpo cómodamente contra él.

—Volveré a calentarte —prometió.

Me acurruqué contra él, sin importar su piel ligeramente fresca.

—¿Qué hacemos si no deja de llover por la mañana?

—Tengo unas cuantas ideas —dijo en un barítono sugerente—. Y ninguna de ellas incluye levantarnos de la cama.

—¿Incluye dormir alguna? —pregunté.

—En general, no, pero quizás podamos cuando nos cansemos. Probablemente también tendremos que comer en ocasiones —respondió.

—¿Qué sueles hacer en días lluviosos sobre el terreno? —pregunté con una sonrisa.

—Suelo salir corriendo a recoger las cámaras de rastreo para descargar las imágenes y repasar todas las veces que se accionaron —contestó.

—¿Pero ahora tienes otras ideas? —inquirí.

—Teniendo en cuenta la compañía, claro que sí —farfulló él—. Tenemos tiempo. Las cámaras de rastreo pueden esperar.

Sonreí y besé su torso musculoso, preguntándome cuándo había sido la última vez que había ignorado el trabajo para acostarse con alguien. Estaba bastante segura de que no ocurría a menudo.

—Ahora has hecho que espere que llueva —susurré.

Él me agarró el trasero y me atrajo más fuerte contra él.

—Podemos hacer nuestro propio día lluvioso, mujer. No hay nadie aquí para decirnos que no podemos.

Yo solté una risita y pasé una pierna por encima de su cuerpo.

No pensaba discutirle eso.

CAPÍTULO 22

Leo

LOS SEIS DÍAS siguientes fueron probablemente los mejores de toda mi vida.

Estaba en la recta final para probar la existencia continuada del lince laniano, pero aún mejor, lo estaba haciendo con la mujer que amaba. Claro que sí, sabía que amaba a Macy Palmer. Probablemente lo sabía desde hacía mucho tiempo, pero como me había dado cuenta de que ella no estaba lista para un compromiso de ese tipo, probablemente lo había negado. Iba a intentar no presionar a Macy por más, lo cual no sería fácil, ya que yo sabía exactamente lo que quería. Esperaría que ella solo necesitara… tiempo. Tiempo para confiar en que yo no pensaba ir a ningún lado y dejarla sola. Tiempo para descubrir que cuando encontrabas a la persona adecuada, valía la pena arriesgarse. El tiempo estaba de nuestro lado. Por ahora, aceptaría encantado lo que ella me estaba dando y me preocuparía por el resto más tarde.

Nos habíamos tomado tiempo libre aquí y allá durante los últimos seis días. Una vez, para quedarnos en la cama durante un día entero porque no nos hartábamos el uno del otro. También nos habíamos tomado otro día para caminar hasta la costa porque había oído que era una vista demasiado hermosa para perdérsela. Sin duda había valido la pena la caminata. Hoy estábamos trabajando y esperaba que fuera el día en que finalmente viéramos un felino.

Había evitado repasar las cámaras rastreo porque estaba seguro de que tendríamos todas las pruebas que necesitábamos en esos vídeos, con el ADN de los excrementos y del pelo como más pruebas irrefutables. Sin embargo, quería que Macy y yo viéramos por primera vez al lince laniano en persona. Sería algo especial que compartimos juntos y que, con suerte, nunca olvidaríamos.

—Ah, Dios —dijo Macy con una ligera tos—. Esa carne que has puesto en el claro huele fatal.

Le sonreí mientras seguía añadiendo más follaje sobre el área de observación oculta que estaba construyendo.

—Ese es el objetivo. Te garantizo que olerá delicioso para un lince.

Había dejado la carne fuera a propósito para que madurase, para que el rastro ayudara a cubrir el nuestro y atrajera a un depredador hambriento.

Ella arrugó la nariz mientras me ayudaba a poner más hojas secas sobre la persiana.

—Eso espero porque huele a podrido y repugnante para esta humana.

Yo reí entre dientes.

—No olerá tan mal una vez que entremos en la persiana.

—¿De verdad crees que veremos uno? —preguntó ella.

Observé la expresión esperanzada en su rostro, que era un recordatorio constante de por qué me había enamorado de esta mujer.

Su corazón era absolutamente enorme.

—Ya sabemos que están aquí —le recordé—. Incluso hemos visto algunas huellas que conducen a las montañas. Creo que veremos uno.

—Tengo la cámara lista por si acaso —me aseguró.

Como Macy era mucho mejor fotógrafa que yo, había estado experimentando con su cámara y poca iluminación desde que habíamos llegado aquí. Yo no tenía ningún problema con que ella tomara todas las fotografías.

—He sacado toda la carne apestosa —bromeé levantando la vista hacia el sol.

No tardaría mucho en empezar a atardecer. Llevé a Macy al interior de la persiana conmigo y cubrí nuestros rastros y cuerpos. Ambos permanecimos absolutamente en silencio y quietos mientras yacíamos hombro con hombro, toda nuestra atención en el claro frente a nosotros durante los siguientes veinte minutos mientras el sol comenzaba a hundirse en el cielo.

Mis ojos entrenados escanearon el terreno una y otra vez con mis prismáticos, intentando vislumbrar algo que ya sabía que se mezclaría bien con el paisaje. Entonces, lo vi.

Este lince era enorme, lo que significaba que probablemente era un macho. A pesar de que llevaba años haciendo este trabajo, todavía vivía ese momento inicial en el que me maravillaba al ver un animal que técnicamente estaba extinguido. Por lo general, era un minuto más o menos durante el que me empapaba de las emociones surrealistas que rodeaban el acontecimiento.

Sin embargo, hoy estaba compartiendo esa experiencia con Macy, así que presionando su mano sin moverme le hice una señal sutil de que había divisado un felino; ella lo notó de inmediato. No se movió. No dijo nada. Solo empezó a buscar más concienzudamente con el objetivo de su cámara. De hecho, yo noté el momento en el que vio al felino acercándose a la carne olorosa.

Yo había hecho todo lo posible para borrar cualquier rastro humano del cebo, así que esperaba que el lince tomara la comida oportunista. El felino se acercó más y yo dejé escapar un silencioso suspiro de alivio cuando dio su primer mordisco.

Veía las rayas y las manchas en el pelaje tostado, y una vez que estaba en el claro, fue fácil identificarlo. Estaba lo bastante cerca para ver sin los prismáticos, pero seguí usándolos, intentando evaluar la salud del animal. Por lo que pude ver, parecía saludable y bien alimentado. Evidentemente, en la Tierra quedaba una población de este raro animal. Nick todavía tendría mucho trabajo que hacer para ver cuán endogámicos eran estos animales, si estaban estrechamente relacionados y cuántos quedaban, pero había esperanza de que pudieran recuperarse si los dejaban en paz.

Miré a Macy, que seguía tomando fotos sin hacer ruido, y me percaté de un rastro de lágrimas que brotaban de sus ojos. Sabía que eran lágrimas de alegría. El mero hecho de saber que podía darle algo que la hiciera tan feliz hizo que ese día fantástico fuera un poco mejor para mí.

Observamos, mudos e inmóviles, mientras el sol se ponía por completo y el lince terminaba rápidamente su comida. Ninguno de los dos habló durante un momento, incluso después de que el felino se perdiera de vista.

Macy fue la primera en romper el silencio al susurrar:

—Ay, Dios mío, Leo. ¿De verdad acaba de pasar eso?

—Sí —confirmé mientras le limpiaba las lágrimas de la cara.

—Ahora sé por qué haces esto, sin importar lo incómodo que pueda resultar —dijo con voz maravillada—. Probablemente es la cosa más extraordinaria que he experimentado nunca. Ese animal está técnicamente extinguido según el resto del mundo. Gracias por compartir esto conmigo, Leo. Nunca lo olvidaré.

—¿Quién dice que no podemos hacer esto de nuevo algún día? —pregunté yo.

Planeaba pasar toda la vida con esta mujer. Se presentaría la oportunidad de poder hacerlo de nuevo. Habría otra expedición en el futuro. Tal vez no pensara viajar mucho, pero Macy y yo podíamos ir de vez en cuando.

A pesar de que era un recinto estrecho, ella se las arregló para estrecharme entre sus brazos. La abracé un momento, saboreando el cariño espontáneo.

—Entonces, ¿qué pasa ahora? —preguntó Macy.

—Ahora empieza lo difícil —le dije—. Nick necesita obtener una estimación de cuántos animales hay y probablemente anestesiar a algunos para poder comprobar la genética y la salud de los animales. Si las cosas pintan bien, es posible que solo necesiten tiempo para repoblarse. Tal vez no necesiten ninguna intervención, excepto el seguimiento para observar el progreso.

—Era precioso —dijo mientras retrocedía un poco y extendía las manos—. Sigo temblando. Supongo que era un macho por su tamaño.

—Creo que estamos pensando igual —respondí—. Era grande, así que sí, yo también supongo que era un macho.

Con cuidado me liberé del recinto y ayudé a Macy a salir de la pequeña persiana. Ella empezó a ojear sus fotos inmediatamente.

—Han salido muy bien —comenté mientras miraba por encima de su hombro—. Eres una mujer de muchos talentos.

Tomé su mano y nos dirigimos de regreso al campamento. Dejaría la persiana intacta por ahora en caso de que quisiéramos ver al lince una vez más.

—¿Que hacemos ahora? —preguntó ella—. Tenemos un montón de fotos. ¿Volveremos a California?

—Tendré que recoger todas las cámaras de rastreo y las trampas para pelo. Necesitaremos tantos vídeos y muestras como podamos conseguir. Las recogeré mañana y podemos salir al día siguiente. Aquí ya hemos conseguido todo lo que necesitábamos —la informé.

Casi odiaba irme. Había creado muy buenos recuerdos de esta zona.

—Estoy emocionada de ir a trabajar, Leo. Tengo mucho que aprender en el centro sobre las últimas técnicas de conservación. Realmente me parecerá empezar de cero. Una nueva ciudad, un nuevo trabajo desafiante y un chico nuevo e increíble en mi vida. Creo que mientras estaba en el santuario me sentí en el limbo durante mucho tiempo —explicó.

—¿Te arrepentirás de dejar Newport Beach? —preguntó Leo.

—No —respondió ella—. Ahora que Kylie y Nicole ya no viven allí permanentemente, creo que me alegro de mudarme. Aquello ya no me hará sentir como en casa sin ellas.

Dado que su familia también se había ido, eso tenía sentido.

Respiré hondo y me obligué a no preguntar si quería pasar de tener su propia casa y mudarse conmigo. Pero sabía que probablemente era demasiado pronto. Evidentemente la había estado presionando con la demanda de una relación exclusiva.

«¡Maldita sea!», pensé. Iba a tener que obligarme a ir más despacio. Algún día, ella se daría cuenta de que era dueña de mi corazón y de que yo preferiría morir antes que hacerle daño, pero ahora no era el momento de decírselo. Se habían producido muchos cambios en su vida. Un nuevo trabajo. Una nueva ciudad. Una nueva relación. Al menos podía esperar hasta que se estableciera antes de empezar a hacer campaña por mucho más.

CAPÍTULO 23

Macy

—He de reconocer que sigo celosa de estas vistas —le dije a Leo en broma dos semanas después cuando nos sentamos en su patio después de cenar—. No veo mucho desde el balcón de mi apartamento, excepto el asfalto.

Hice mi mudanza una semana después de volver de Lania. Como había encontrado un apartamento que me serviría en Palm Springs y lo había pagado, no veía ningún motivo para no mudarme lo antes posible. Encontré un bonito apartamento de dos habitaciones para mí al otro lado de Palm Springs, pero la mayoría de las veces terminaba cenando con Leo. Él se había asegurado de que Hunter tuviera todo lo que necesitaba en su casa, así que yo nunca tenía que cargar con nada si quería llevarme a Hunter.

Tal como prometió, Leo participó en todas las entrevistas en el centro para el personal regular, y juntos contratamos al mejor equipo posible para el hospital y el centro de rehabilitación, que abrirían en dos semanas. Él ya tenía profesionales trabajando en los hábitats para los programas de cría en cautividad con los que se había comprometido hasta ahora, pero también habíamos trabajado juntos para contratar a una parte del personal que necesitaríamos una vez que llegaran los animales. Nuestros días eran ajetreados en el centro con la preparación, la coordinación y el papeleo. Nos enfrentaríamos a un ajetreo diferente una vez que se abrieran el hospital y el centro de rehabilitación y comenzáramos a recibir parejas reproductoras.

—Es una razón más para pasar la mayor parte de tu tiempo conmigo —respondió Leo en tono sugerente.

Yo resoplé y tomé mi copa de vino de la mesa auxiliar de mi tumbona.

—Como si no me vieras ya lo suficiente entre el centro y las tardes que paso aquí.

Leo y yo estábamos sentados uno al lado del otro en sillones que estaban tan cerca que bien podríamos estar sentados en el mismo sillón.

—Tu despacho está en el lado opuesto del centro —respondió él—. No es como si estuviéramos juntos en el mismo sitio todo el día. Además, apenas ha amanecido cuando entras en el despacho. Estás trabajando demasiadas horas.

Tomé un sorbo de vino y volví a dejar la copa sobre la mesa.

Leo tenía razón. Sinceramente, no pasábamos mucho tiempo juntos durante el día. Su tarea era trabajar con las diversas organizaciones en los planes de conservación. La mía era prepararme para cuidar de esos animales una vez que llegaran. Veía más a Jaya por videoconferencia que a Leo durante el día.

—Llego temprano por la diferencia horaria —le recordé—. Estoy aprendiendo mucho de Jaya, pero tengo que asegurarme de que nuestras sesiones juntas le vengan bien a ella.

Para cuando hablaba con Jaya temprano por la mañana aquí, ya era media tarde en Inglaterra.

Leo tomó mi mano y entrelazó nuestros dedos en el reposabrazos de mi tumbona.

—Entonces la traeré a Estados Unidos —me dijo—. Macy, no te di este puesto para que te mataras trabajando doce horas al día todos los días. No desgasto a mi personal de esa manera. No es saludable ni productivo.

—Es sólo por ahora —le prometí—. Quiero asegurarme de hacerlo todo bien.

Tenía el trabajo de mis sueños. Quería asegurarme de estar lista para cada desafío.

—Todos lo haremos bien —dijo Leo con firmeza—. Es un esfuerzo de equipo, Macy. No intentes hacerlo todo sola, guapa. —Vaciló antes de preguntar—: ¿Te quedas conmigo esta noche?

Era viernes por la noche, así que probablemente me resultaría fácil quedarme esa noche o incluso todo el fin de semana, pero dudé un poco en darle una respuesta a Leo. No es que no quisiera quedarme con él toda la noche, pero el sexo se volvía tan intenso entre nosotros dos que a veces era casi aterrador. En ocasiones, necesitaba escapar antes de decir o hacer algo estúpido.

—Puede que tenga que ir al despacho mañana —dije con una evasiva.

—Es sábado —me recordó Leo—. Ni hablar. A menos que el centro esté en llamas o en estado de emergencia, no se trabaja los fines de semana. Maldita sea, Macy. Ya estás echando muchas horas durante la semana. ¿Qué diablos es tan importante que necesitas estar allí mañana?

Nada. No había absolutamente nada lo suficientemente importante como para requerir mi presencia en el centro al día siguiente.

—Creo que debo irme —dije mientras me levantaba de la tumbona y agarraba mi copa de vino.

Habíamos pasado una muy buena velada. Lo último que quería hacer era estropearla teniendo una desavenencia por las horas de trabajo. Leo y yo no discutíamos, y yo quería que siguiera siendo así. Nuestra relación era cálida pero no exigente. Teníamos sexo increíblemente bueno y podíamos hablar de casi cualquier cosa.

Él me siguió cuando entré por la puerta corrediza y fui a la cocina a dejar mi vaso en el lavavajillas.

—Si no quieres quedarte, simplemente puedes decirlo —dijo apoyándose contra la encimera y cruzándose de brazos—. No tienes que trabajar como una loca para evitar pasar la noche conmigo.

¿Era eso lo que estaba haciendo? Probablemente. Pero en realidad no quería admitir que lo estaba haciendo.

—¿Qué importa si me quedo a dormir o cuánto trabajo en el centro, Leo? —pregunté, empezando a estresarme.

Así no era como iban las cosas entre nosotros. Leo y yo salíamos como una pareja monógama, aunque en realidad no nos involucrábamos en los asuntos del otro. Teníamos sexo abrasador, pero yo solía volver a mi apartamento al final de la noche. Hablábamos e intercambiábamos ideas e información entre nosotros. Hacíamos actividades que ambos disfrutábamos juntos. Trabajábamos juntos. Y, sin embargo, Leo nunca había puesto restricciones a mi empleo en el centro… hasta ahora.

—¿Se te ha pasado por la cabeza que quizás solo esté preocupado por ti? —preguntó Leo en un tono irritado que nunca le había escuchado.

Me volví hacia él mientras le preguntaba con tono de pánico:

—¿Por qué? Soy adulta, Leo, y he estado cuidándome sola durante mucho tiempo.

—¡Joder! —maldijo Leo, ahora sonando enojado—. Entonces podemos follar, pero ¿se supone que nunca debo preocuparme por tu bienestar?

El corazón empezó a latirme desbocado y noté el sudor en mi frente. No quería discutir con él.

—Las cosas nos van bien como están, Leo. No necesitas preocuparte por mí. Puedo cuidarme sola —respondí.

Él avanzó lentamente mientras decía:

—¿Las cosas son exactamente como quieres que sean ahora, Macy? Tenemos sexo alucinante, pero por lo general no te quedas mucho después de eso.

Yo empecé a respirar un poco más fuerte y mis palmas empezaron a sudar. Tenía razón. Salía pitando por la puerta y cuanto más fantástico se volvía el sexo, más rápido corría hacia la salida.

—Soy un asco en las relaciones, Leo. Lo sabes, y lo sabías al entrar en esta relación —dije con nerviosismo—. Realmente no entiendo por qué no podemos dejar que sea sencilla.

Era más fácil. Tenía más sentido. Y evitaría cualquier tipo de desacuerdo.

Leo me arrinconó contra la encimera.

—Pensaba que estaba dejando que lo fuera —dijo con voz ronca—. ¿Te he pedido algo?

Negué con la cabeza lentamente mientras miraba sus hermosos ojos azules.

— No —susurré—. Razón por la cual no entiendo por qué quieres discutir sobre mis horas de trabajo o si paso o no la noche aquí. No entiendo qué quieres de mí ahora mismo.

—Porque tal vez las cosas sean demasiado simples para mí, Macy —dijo Leo con voz gruñona—. Y se han vuelto mucho más simples a medida que avanzamos. He sentido que creas la mayor distancia posible entre nosotros y realmente no entiendo por qué. Me importa porque te quiero, Macy. Me importa si te esfuerzas demasiado. Me importa si no estás durmiendo lo suficiente. Me preocupo por cada puta cosa que implica tu bienestar y tu salud. Eso es lo que pasa cuando quieres a alguien, cariño.

Parpadeé fuerte y mis ojos se abrieron como platos.

—¿Me amas? —dije con una voz tan débil que apenas era audible.

Puso sus manos sobre mis hombros suavemente. —¿De verdad vas a decirme que no lo sabías ya? —preguntó—. ¿Vas a decir que no tenías idea de que esperaba que algún día te casaras conmigo y me sacaras de esta miseria?

Mi corazón se aceleró y latió tan fuerte que juré que podía oírlo latir en mis oídos.

—No, Leo —dije mientras sacudía la cabeza—. Tú no puedes amarme y yo no puedo amarte. No podemos casarnos. Nunca. No puedo.

—¡Y una mierda! —dijo Leo roncamente mientras me sostenía la mirada—. Yo ya te quiero y el matrimonio no es una sentencia de prisión, Macy. Sé que tienes miedo y tal vez te haya dicho esto demasiado pronto, pero creo que yo también te importo a ti. Ni siquiera creo que estuvieras aquí con ninguna relación si no te importara. No me digas que no tenemos ninguna posibilidad.

—Yo no puedo amar. —dije con voz más fuerte—. Y no quiero que me ames.

—¿No puedes amarme o no quieres amarme? —preguntó él bruscamente—. ¿Cuál es, Macy? Trabajaremos en esto juntos. Seré paciente. Solo necesito saber que existe alguna posibilidad de futuro.

Solté su agarre y recogí mi bolso de la encimera.

—¡De nada! —grité con todo el cuerpo temblando—. No hay posibilidad de nada. ¿No lo entiendes? Yo no puedo amarte a ti y tú no puedes amarme a mí. —Las lágrimas corrían por mi rostro cuando hice esa proclamación.

Veía el dolor en sus ojos y me destrozó por completo, pero tenía que ser absolutamente clara. No podía casarme con él. No había futuro para nosotros. No podía dejar que pensara que esa era una posibilidad.

Él me agarró la parte superior del brazo mientras yo corría hacia la puerta.

—Te quiero, Macy —gruñó volviéndome hacia él—. Probablemente lo he hecho desde el principio. No huyas de esto. Sé perfectamente que sientes lo mismo que yo. No estoy sintiendo esta conexión yo solo.

Aparté mi brazo de él de un tirón.

—No es nada que no pueda superar —le dije con voz desesperada—. Ya no puedo hacer esto, Leo.

—Bien —dijo escuetamente—. No puedo obligarte a quererme, Macy. Conduce con cuidado.

Yo corrí hacia la puerta.

—Presentaré mi renuncia el lunes.

—No lo hagas —dijo él con voz grave—. Podemos ser profesionales. Como dijiste, lo superaremos. No hay motivo para renunciar a tu trabajo por esto. Me gustaría que te quedaras.

Las lágrimas todavía corrían por mi rostro cuando asentí.

Incapaz de decir una palabra más, abrí la puerta y hui.

CAPÍTULO 24

Leo

—SON LAS OCHO de la mañana de un sábado por la mañana —protestó Dylan cuando contestó al teléfono—. Más vale que esto sea bueno.

—Solo quiero saber qué pasa cuando no consigues el final feliz —le pregunté a mi hermano mientras me servía otro trago de buen *whisky* irlandés.

Había sido un regalo de inauguración de un colega que sabía que estaba comprando una casa en Palm Springs. Pensé que nunca lo bebería. Me equivocaba.

—¿Leo? —preguntó Dylan, sonando más despierto—. ¡Dios! Necesito un café. ¿De qué demonios estás hablando?

Escuché una voz femenina adormilada que supuse que era Kylie, y Dylan diciéndole que volviera a dormirse mientras por lo visto salía del dormitorio.

Di otro rápido trago, percatándome de que todo empezaba a verse un poco borroso.

—Quiero saber qué cojones se supone que debe hacer uno cuando no consigue el final feliz. Cuando la mujer a la que quiere no siente lo mismo. Cuando ella le dice que no hay absolutamente ninguna esperanza de futuro con él porque a ella no le importa una mierda. Kylie te quería y os vais a casar. Final feliz. Nicole quería a Damian. Final feliz.

—Espera —dijo Dylan—. Deja que lo adivine. ¿Macy no te quiere y no es un final feliz? ¿Se puede saber qué estás bebiendo, Leo? Suenas completamente pedo.

—*Whisky* irlandés —le dije—. Ahora dime qué pasa cuando no hay un final feliz.

Podía escuchar de fondo el sonido del café preparándose cuando Dylan respondió:

—¿Qué ha pasado? Debe de haber sido malo para llevarte a beber. No recuerdo que te hayas puesto pedo nunca. Hablé contigo hace cuarenta y ocho horas y estabas asquerosamente feliz por tu futuro.

Puse a Dylan al día de lo que pasó.

—Sabía que no iba a ser fácil —le confesé a mi hermano—. Sospechaba que todavía había una parte de ella que nunca había sanado, pero no sabía que no sentía nada por mí. Absolutamente nada.

—Sospecho que una vez que superes la resaca, te darás cuenta de que eso no es del todo cierto —dijo Dylan con ironía.

—Eso es lo que ella dijo, así que lo dudo —dije con cinismo, empezando a arrastrar las palabras.

—Entonces, ¿vas a dejarla ir sin más? ¿Así como así? —cuestionó Dylan—. ¿Ella huye porque está aterrorizada y tú solo le das la espalda?

Miré fijamente el chupito que estaba sirviéndome, pensando en su pregunta.

—¡A la mierda! —gruñí antes de arrojar el maldito vaso de chupito contra la pared y limitarme a tomar la botella. Era más fácil—. No le importo una mierda, Dylan. No es que solo estuviera conteniéndose. Me lo dijo a la cara.

La había oído alto y claro.

—Ahora mismo estás dolido, Leo, y entiendo lo que se siente. Comprendo por qué quieres subir la guardia, pero si lo haces, te arrepentirás. Sabes dónde ha estado y sabías que te encontrarías con algunos desafíos, pero yo creía que sentías que ella merecía la pena —dijo Dylan.

—Sí —respondí apresuradamente—. Pero no hay esperanza si siente lo que dice sentir. No puedo obligarla a amarme, Dylan.

—Deja que te pregunte esto —respondió él—: Estoy seguro de que estabais acostándoos. ¿De verdad crees que es una mujer que puede hacer eso y no sentir absolutamente nada por ti?

Golpeé la mesa con la mano, frustrado.

—Hace un día, habría dicho que ni hablar, pero después de esta noche simplemente no lo sé. Algo le ha pasado, Dylan. Tienes razón. Probablemente estaba asustada y la asusté porque le dije que la quería. Joder, no se me ocurrió que no lo supiera ya. Simplemente, nunca me había oído decirlo en voz alta.

—¿Piensas que decir que la querías desencadenó algo? —inquirió él.

—Creo que puede haberla llevado al límite. Estaba con los ojos desorbitados y horrorizada. Nunca la he visto así. Bastó para destruir el ego de uno —me quejé.

Tomé un trago de la botella e intenté recordar exactamente cuándo entró en pánico Macy, pero los recuerdos se empañaban por mi estado de embriaguez.

—Me parece que debes dejar de beber *whisky* y empezar a pensar, Leo. Quieres a esta mujer.

—¿Qué sugieres que haga? —pregunté irritado—. Ella dice que no me ama y que no tenemos futuro.

—Si fuera cualquier otra mujer, te diría que corrieras despavorido —dijo Dylan—. Pero es Macy y conocemos su historia. Y lo quieras admitir o no, conoces su corazón. No creo ni por un puto segundo que ella no te quiera también. No puede lidiar con lo que siente. Es un mecanismo de defensa que le ha funcionado en el pasado. Simplemente, nunca aprendió a olvidarlo porque la mantuvo cuerda. Ya no lo necesita, pero no lo entiende conscientemente.

Dejé la botella sobre la mesa.

—¿Cómo lo sabes? —pregunté, viendo que de hecho podría haber un poco de verdad en sus palabras.

—Un montón de terapia —dijo secamente—. Empiezo a preguntarme si Macy buscó ayuda alguna vez para superar lo que le sucedió. Si no lo ha hecho, no dudo que esté realmente confundida.

En retrospectiva, no recordaba que Macy hubiera mencionado alguna vez el haber visto a un psicólogo de cualquier tipo.

—No pienso que lo hiciera. La negación era su mecanismo de afrontamiento. ¡Joder! Probablemente debería haberle sugerido que hiciera eso.

—Opino que esa es una decisión que cada uno debe tomar por su cuenta —respondió Dylan—. No estoy seguro de cuánto me estás escuchando en este momento. Me doy cuenta de que estás borracho y desanimado, pero desde luego que no creo que debas rendirte ahora. Tal vez ella esté alejándote, pero no creo que debas quedarte con eso. Dale un poco de tiempo. Asegúrate de que sepa que estás allí si te necesita, pero deja que resuelva todo esto por sí misma. Volver tiene que ser su elección.

—¿Y crees que lo hará? —inquirí yo.

—Sinceramente, no lo sé, Leo —dijo Dylan solemnemente—. Pero sabe exactamente cómo te sientes, así que la pelota está en su campo.

—¿Cómo me mantengo disponible y le hago saber que estoy allí, pero sin presionar? —pregunté.

Era imposible que dejara ir a Macy así como así. Probablemente ya lo sabía antes de llamar a Dylan. Solo había estado intentando superar mi tristeza.

—Tendrás que resolver eso por tu cuenta —aconsejó Dylan—. Depende de lo que creas que la ayudará. Una vez que estés sobrio, piénsalo. Mientras tanto, tira el resto de esa botella. Te vas a arrepentir de esa mierda mañana.

Ahora mismo, sin duda no me arrepentía de haber abierto la botella porque ayudó a adormecer el dolor.

—No quiero vivir el resto de mi vida sin ella, Dylan. Supe desde el principio que ella era la única para mí. No estoy seguro de cómo lo supe o cómo lo reconocí, solo... lo sabía —le dije con franqueza.

—¿Cuánto tiempo estás dispuesto a esperar? —preguntó él.

Yo me encogí de hombros.

—Siempre. Podría perder la cabeza con el tiempo, pero no hay otra mujer para mí.

¿Qué importaba cuánto tiempo esperase cuando no había otra mujer en la Tierra que yo quisiera? Ella cambiaría de opinión... o no. Cuanto más rápido cambiara ella de opinión, menos tiempo pasaría yo como un cabrón totalmente miserable.

—Entiendo —respondió Dylan—. Y probablemente será un infierno porque no hay nada que puedas hacer para resolver esto, Leo. Tienes que darle tiempo para resolverlo todo. No se te da precisamente bien el no hacer nada cuando quieres algo. Te he visto. Eres un motivado. Así que no será fácil sentarte a esperar.

—No creo que tenga muchas opciones.

—Piensa en formas creativas de permanecer en segundo plano —sugirió él—. Ahora ve y duerme un poco para que puedas reflexionar de verdad. Duerme la borrachera, lidia con la resaca e intenta ser paciente.

Me puse de pie y la cabeza empezó a darme vueltas.

—¡Mierda! —maldije—. No he estado tan pedo desde hace más de diez años.

—¿Se está moviendo el suelo? —preguntó Dylan.

—Sí. Y la puta habitación da vueltas.

Tropecé y luego seguí avanzando para ver si podía llegar a mi dormitorio antes de desmayarme.

Apoyando la mano en la pared, la usé para caminar por el largo pasillo hacia mi habitación.

—¿Sigues erguido, hermanito? —preguntó Dylan.

—Buscando mi habitación —le dije.

Avancé despacio, deseando que todo dejara de girar, pero no sucedió.

—Entendido —le dije a Dylan cuando finalmente encontré mi habitación y me dejé caer en la cama.

—¿Estás a salvo ahora? —preguntó Dylan.

—Sí —dije—. ¿Dylan?

—¿Qué, Leo?

—No estaba pensando. Lo único en lo que podía pensar era en lo destrozado que me sentía porque ella no me quiere —dije con voz ronca.

—Tú solo recuerda que ella no tiene ni idea de cómo se siente ahora mismo. Tal vez eso haga las cosas un poco más fáciles. Descansa un poco —dijo.

—Encontraré la manera de hacer de esto un final feliz —prometí mientras me arrastraba debajo de las sábanas completamente vestido.

—Estoy seguro de que lo harás —respondió Dylan. Es fácil querer enterrar la cabeza en la arena y darse por vencido. Lo sé porque yo lo he hecho un millón de veces. Nunca sale muy bien.

—Buenas noches, Dylan —dije cerrando los ojos.

—Buenas noches, Leo —replicó él.

Apenas acababa de presionar el botón para colgar la llamada antes de perder el conocimiento.

CAPÍTULO 25

Macy

OÍ EL TIMBRE de la puerta el domingo por la mañana, pero lo ignoré. No quería hablar con nadie. No había dormido mucho. No había comido. Y no estaba en condiciones de tener una conversación cordial con uno de mis nuevos vecinos. Lo único que quería era estar sola y medio catatónica en mi sofá como estaba ahora. De ese modo, no tenía que pensar en cómo había destruido mi vida. Bloquear el dolor se estaba volviendo cada vez más difícil, así que necesitaba concentrarme.

—Abre la puerta, Macy. No hemos cruzado el charco para mirar la puerta de tu nuevo apartamento —escuché resonar la voz de Kylie desde el umbral.

Abrí los ojos, preguntándome si estaba empezando a alucinar. Me puse en pie y caminé hacia la puerta, y luego pregunté con cautela:

—¿Kylie?

—Sí. Yo también estoy aquí. Abre la puta puerta —dijo Nicole, hablando por primera vez.

Abrí la puerta de un tirón y vi que las voces de mis dos mejores amigos no eran alucinaciones.

—¿Qué estáis haciendo aquí vosotras dos? —pregunté, atónita.

Nicole entró primero.

—Menos mal —dijo agradecida—. Ya estaba empezando a derretirme ahí fuera y son poco más de las once de la mañana.

—Yo también —dijo Kylie siguiendo a Nicole al apartamento—. Creo que preferiría el clima inglés ahora mismo.

Quizás no fuera sorprendente, ya que mis dos amigas eran extremadamente blancas. Nicole era una rubia deslumbrante y Kylie era una pelirroja ardiente. El clima sofocante y el sol asquerosamente abrasador aquí en Palm Springs probablemente no le sentaba bien a ninguna de las dos.

—No puedo creer que estéis aquí —dije mientras las seguía a mi cocina—. ¿Por qué estáis aquí?

Nicole buscó el café y Kylie llenó la cafetera con agua mientras decía:

—Porque tengo un esposo maravilloso con un avión privado que puede traernos aquí en cualquier momento. Considera esto como una intervención de emergencia que deberíamos haber hecho hace mucho tiempo, pero creo que todas necesitamos un café primero. Sin ofender, Macy, pero estás hecha una mierda. Dylan me contó lo que pasó entre tú y Leo. Está destrozado, ¿sabes? Leo llamó a Dylan ayer temprano y estaba completamente borracho, lo cual es extraño porque Leo nunca se emborracha.

—Borracho —dije lentamente, intentando despejar mi cabeza embotada—. ¿Leo estaba borracho?

Nicole se volvió hacia mí y me lanzó una mirada evaluadora.

—De verdad necesitas un café —decidió.

Yo sacudí la cabeza.

—Sigo sin entender por qué estáis aquí. Creía que empezabas en un nuevo empleo, Nic.

—Dentro de una semana —me dijo mientras preparaba el café—. Tengo algo de tiempo para pasarlo con una amiga. Solo espero que refresque un poco aquí esta semana.

Levanté una ceja mirando a Kylie.

Ella se encogió de hombros.

—No es como si no fuera a ir y venir entre Estados Unidos y Londres —me recordó—. Aunque esta vez no estoy aquí por trabajo.

—¿Dónde están Damian y Dylan? —pregunté, todavía completamente confundida.

—En Londres —respondió Nicole—. Vamos a tomar un café y hablaremos.

Su tono era aprensivo, pero intenté concentrarme en lo feliz que estaba de verlas a ambas mientras llevábamos el café al salón. Nicole se dejó caer al otro extremo del sofá y Kylie se acomodó en el sillón reclinable no muy lejos de esta. Miré mis pantalones de chándal y mi camiseta, sabiendo que tenía aspecto de vagabunda al lado de ellas dos. No me había molestado en ducharme desde el viernes y estaba casi segura de que mi pelo probablemente parecía un nido de ratas.

—No sabía que vendríais —murmuré mientras daba un sorbo de mi café.

—El viaje no estaba planeado exactamente —me informó Nicole—. Kylie y yo nos dimos cuenta de que teníamos que venir aquí antes de que arruinaras toda tu vida.

Kylie añadió amablemente:

—Si renuncias a tu relación con Leo, creo que te arrepentirás, Macy. Lo amas.

Negué con la cabeza rotundamente.

—No.

La voz de Nicole fue más firme cuando repitió:

—Lo amas. Ninguna de nosotras necesitó verte para reconocerlo. Tenías una relación con él, lo cual nunca sucedería a menos que estuvieras loquita por él. ¿De verdad crees que Kylie y yo no nos hemos dado cuenta de que no sales con nadie desde el accidente? No estamos ciegas a lo que has estado pasando, pero ninguna de nosotras quería decirte cómo lidiar con una tragedia semejante.

—Sin embargo, ahora nos damos cuenta de que deberíamos haber presionado, intentado que fueras más despacio y dejaras de huir —dijo Kylie—. Y deberíamos haber intentado conseguirte ayuda profesional justo después de que sucediera. Parecías estar afrontándolo, aunque en realidad no lo estabas haciendo. Como tus mejores amigas, desearía que nos hubiéramos dado cuenta. Tal vez lo habríamos hecho si no estuviéramos todas a larga distancia. Una vez que todas volvimos a vivir en Newport Beach, tú parecías estar bien, pero aún no lo estabas.

—Solo aprendiste a ocultarlo todo mejor —observó Nicole—. Sabíamos que trabajabas demasiado y, cuando no estabas trabajando, eras voluntaria. Kylie y yo entendemos ahora, Macy. Tenías que mantenerte ocupada y agotada o tendrías que lidiar con todas las emociones que habías enterrado, ¿verdad?

—Me gusta estar ocupada —protesté.

Kylie frunció el ceño.

—Una cosa es ocupada, y otra estar tan ocupada que no hay tiempo en el día para pensar. Debería haber captado lo que estaba pasando antes de ahora.

—Yo también —secundó Nicole.

—Estoy bien —les dije—. Las cosas con Leo se volvieron demasiado intensas. Ya me conocéis. Soy un asco para las relaciones. Él iba a querer más algún día. Incluso mencionó el matrimonio.

Nicole sonrió.

—No es el fin del mundo, ¿sabes? En realidad, es como un nuevo comienzo de una fase diferente de tu vida. Ojalá una muy feliz. ¿No quieres casarte con Leo algún día? Lo amas.

—Deja de decir eso —respondí airadamente—. Se merece algo mejor. Ya no soy capaz de amar a alguien. No quiero amar a nadie más.

Kylie examinó mi rostro antes de hablar.

—No es que no puedas amar a nadie. No quieres hacerlo —dedujo ella—. Porque podría doler demasiado.

Nicole levantó una mano antes de que yo pudiera hablar.

—Eso tiene todo el sentido, Macy, y entiendo por qué bloqueaste esa posibilidad después de perder a toda tu familia. Pero, ¿es realmente así como quieres vivir el resto de tu vida? Leo te quiere. Haría cualquier cosa por ti. Si alguna vez hubo un hombre que valiera la pena amar, es él, y no quiero verte tirar todo eso por la borda si tú sientes lo mismo.

Me quedé en silencio mientras las emociones se precipitaban a mi encuentro, como si se hubiera abierto una compuerta que nunca más podría cerrar de golpe.

Las lágrimas corrían por mi rostro cuando respondí:

—No puedo hacerlo. No puedo volver a sentirme así. Me mataría.

Nicole cruzó el espacio que nos separaba a los dos y me rodeó con el brazo hasta que apoyé la cabeza sobre su hombro mientras decía suavemente:

—No te matará, Macy. Eres mucho más fuerte que eso. Sé que la vida nos lanza un montón de cosas horribles con las que tenemos que lidiar a veces, pero tener a alguien que te ame como te ama Leo es una de las cosas que compensa toda la basura que nos cae.

Kylie se había movido al suelo y estaba sentada cerca de mis pies cuando añadió:

—Has estado allí para ayudarnos a los dos durante nuestros momentos difíciles. Déjanos estar ahí para ti, ahora, como desearía que hubiéramos estado desde el principio.

—Habéis estado allí —le dije entre lágrimas.

—No como que desearía que lo hubiéramos hecho —respondió Nicole—. Pero deberíamos haberlo sabido. Deberíamos haber sabido que las cosas no estaban mejorando para ti y que estabas afrontándolo a duras penas negándote a dejar que nadie entrara en tu vida. Bueno, a nadie humano en cualquier caso.

—No podía —les dije atragantándome con un sollozo—. Todavía no puedo.

Kylie puso su mano sobre la mía mientras me instaba:

—Sí puedes. Tal vez nunca fue el momento para que lo hicieras antes, pero ¿de verdad quieres renunciar a Leo?

Sentada justo en medio de tanto amor de las dos mujeres que habían estado allí para mí desde la infancia, finalmente me desmoroné.

—No estoy segura de ser capaz de darle todo lo que se merece, y no tengo ni idea de por qué me ama.

Nicole me acarició el cabello mientras respondía:

—Al igual que yo no podía entender por qué me quería Damian ni Kylie podía entender por qué la necesitaba Dylan. El amor nunca tiene sentido, amiga. Simplemente, está ahí y, cuando es la persona correcta, reconoces ese clic, ese vínculo.

Kylie se metió en la conversación:

—Seré la primera en reconocer que da miedo, pero una vez que superas ese miedo, te das cuenta de que vale la pena correr el riesgo de dar un salto de fe. ¿De verdad vas a intentar seguir diciéndonos que no estás locamente enamorada de Leo?

Yo sacudí la cabeza. Ya no podía mentirlas a ellas ni a mí misma.

—Lo amo. Lo amo tanto que el dolor es insoportable, no puedo aguantarlo. Cuando él me dijo lo que sentía, entré en pánico. Fue una reacción instintiva durante un ataque de pánico porque estaba aterrada de perder a alguien otra vez. Pero ya lo he perdido y me está matando. Si hubiera dejado que me amara y si me hubiera permitido amarlo yo a él, al menos tendría algo más que mostrar por el dolor.

—No creo que vaya a ninguna parte —dijo Nicole con voz tranquilizadora.

—Le hice daño, Nic. Creo que le hice bastante daño —dije, con lágrimas obstruyendo mi garganta.

—Lo cual sucede a veces cuando dos personas se aman tanto —comentó Kylie—. Es Leo de quien estamos hablando. Él lo entiende y, si se lo explicas, sé que te apoyará, Macy.

Levanté la cabeza del hombro de Nicole y empecé a secarme las lágrimas que rodaban por mi rostro.

—Si me perdona, no puedo volver a hacerle esto. Se merece algo mucho mejor.

—Por eso estamos aquí —explicó Kylie—. Dylan habló con Leo y accedió a darte la próxima semana libre. Te encontramos a la mejor terapeuta disponible en esta zona y empiezas las sesiones mañana. Tenemos un día de *spa* programado para el martes y pasaremos el resto de la semana juntas. Quizás podríais darme algunas opiniones sobre sitios para bodas. Pero el objetivo de estar aquí es solo para hablar. Nunca podremos entender completamente por lo que has pasado, Macy, pero hablaremos como nunca. Como deberíamos haberte animado a hacer desde el principio. Necesitas sanar para saber que esto nunca volverá a suceder.

Las miré boquiabierta a los dos.

—¿Os quedáis toda la semana?

Asintieron mientras Nicole decía:

—Tenemos que irnos el sábado para que yo pueda volver a tiempo para empezar en mi nuevo puesto, pero hasta entonces, estamos aquí para ayudarte a hablar y reducir tu nivel de estrés. ¿Cuándo fue la última vez que te tomaste tiempo libre para ti y tu salud mental?

Yo sacudí la cabeza.

—Nunca. Pero acabo de empezar mi trabajo en el centro. No puedo tomarme una semana libre sin más.

Kylie me sonrió radiante.

—Por supuesto que puedes. Ya lo aclaramos con el jefe.

—Leo —dije con un suspiro—. ¿Estáis seguras de que le parece bien?

—¿Qué parte no entiendes bien de "te ama"? —preguntó Nicole irónicamente—. Te daría un año libre si pensara que lo necesitas. No discutas, Macy. Necesitas esto. Necesitas recomponerte y trabajar en algunas cosas que no resolviste antes.

Sabía que había cosas que nunca se habían resuelto en mi mente y problemas que aún necesitaba resolver si tenía alguna esperanza de hacer funcionar una relación con Leo. Y Dios, vaya si quería... Lo deseaba tanto que me estaba matando.

—No voy a discutir —les dije—. Quiero a Leo y afrontaré cualquier problema que tenga que resolver por él.

—Estamos aquí para ayudarte a empezar —dijo Kylie con una enorme sonrisa.

Las lágrimas inundaron mis ojos de nuevo al mirar de Nicole a Kylie, más agradecida por estas dos mujeres de lo que jamás podría expresar con palabras.

—¿Qué haría sin vosotras dos? —pregunté, mi voz un poco temblorosa.

—Por suerte para ti, nunca tendrás que averiguarlo —bromeó Kylie mientras se acercaba y me tiraba hacia abajo para darme un enorme abrazo.

Rodeé a Nicole con los brazos y las tres permanecimos en ese abrazo grupal hasta terminar llorando todas juntas.

Escuché la notificación de mi teléfono cuando rompimos nuestro abrazo de tres.

—Es un mensaje de Leo —mientras levantaba el teléfono.

Leo: «Sin presión. Solo quiero que sepas que te quiero y que estoy aquí si me necesitas».

Era breve y dulce. Literalmente.

—Él estará ahí cuando estés lista, Macy —dijo Nicole suavemente—. No va a marcharse a ninguna parte. Eso es algo que puedo decir de los hombres Lancaster, son muy tercos cuando quieren algo.

Inspiré hondo y escribí una respuesta rápida.

Yo: «Yo también te amo. ¿Me das un poco de tiempo?».

Su respuesta llegó casi de inmediato.

Leo: «Todo el tiempo que necesites».

Sonreí mientras pasaba un dedo por sus palabras.

No estaba seguro de lo que había hecho para merecer a un hombre como Leo Lancaster, pero iba a asegurarme de que él tuviera una mujer que lo apreciara en el futuro.

CAPÍTULO 26

Macy

LEO: «¿QUÉ TAL ha estado tu sesión de terapia hoy?».

Yo: «Brutal, como siempre. Nunca parece ser más fácil sincerarme con alguien que no es una amiga, pero sé que está ayudando, así que sigo hablando».

Suspiré mientras me acomodaba en el sofá para poder charlar con Leo.

A los dos nos llevó varias semanas empezar a tener conversaciones completas. Él preguntaba por mí todos los días, básicamente recordándome que me amaba, y yo respondía rápidamente, pero nuestras conversaciones habían comenzado hacía una semana. Sabía que siempre recordaría la visita de las chicas. Además de empezar mi terapia esa semana, también había aprendido a disfrutar el arte de no hacer casi nada y amar cada momento de ello.

Me sentía mejor después de esa primera semana porque Nicole, Kylie y yo habíamos hablado mucho y había mejorado cada semana después de eso gracias a la terapia y a la modificación de mi estilo de vida. Trabajaba mucho en el centro de conservación y, ahora que estábamos recibiendo parejas reproductoras para el programa de reproducción en cautividad, estábamos ocupados. Sin embargo, también había aprendido cuándo dejar de trabajar.

Leo y yo nos veíamos en el centro, pero éramos extremadamente profesionales entre nosotros y no había discusiones personales mientras estábamos en el trabajo. Sí, había momentos en los que quería arrojarme a sus brazos y no irme nunca, pero eso jamás pasaría mientras estuviéramos trabajando.

Leo: «Eres increíble».

Inspiré hondo y presioné el icono de llamada de audio. Sabía que Leo nunca la iniciaría porque estaba esperando que yo avanzara a mi propio ritmo.

—Creo que usted también es bastante increíble, Sr. Lancaster —le dije cuando respondió.

—Es bueno escuchar tu voz cuando no estamos hablando de trabajo —respondió con un tono *sexy* de barítono que me encantaba—. ¿Así que tus sesiones siguen siendo un desafío?

Dios, lo había echado tanto de menos. Estaba muy dispuesta a reanudar nuestra relación, pero quería asegurarme de estar completamente cómoda con la forma en la que nos amábamos. Leo era un regalo que nunca más quería dar por sentado.

—Dudo mucho que se vuelvan más fáciles algún día —le dije con un suspiro—. Ojalá fuera algo que hubiera empezado hace mucho tiempo.

—Lo estás haciendo ahora —me recordó.

—Te hice daño, Leo, y no estoy segura de cómo compensártelo —dije con franqueza—. No te lo merecías.

—Cariño, ¿de verdad crees que no puedo soportar un poco de dolor si termino pasando mi vida contigo cuando todo termine? —preguntó en tono animado.

—Supongo que las personas que aman mucho se hacen daño mutuamente a veces —respondí—. Y yo te amo mucho, Leo.

—¿Tienes idea de cuánto tiempo he esperado para escuchar eso? —dijo él con voz ronca—. Y tienes razón. Nos haremos daño. Es inevitable. Pero yo también te quiero, Macy, y pienso que ambos intentaremos que lo bueno supere con creces a lo malo.

—No veo que podamos volver —le dije—. Me parece que parecería ridículo porque antes de que lograra arruinarlo todo estábamos unidos. Pienso que simplemente podemos hacerlo de otra manera. Siempre voy a decirte cómo me siento cuando lo sienta, y luego hablaremos de ello. Espero que siempre sientas que puedes hacer lo mismo.

—¿Así que no más citas informales? —preguntó esperanzado.

—No. Te amo demasiado para eso, Leo. También te amo demasiado para eso de ser pareja sexual exclusiva sin ningún compromiso emocional. Voy a darte todo el amor que tengo y espero que todavía esperes un futuro juntos, sea como sea.

Lo escuché dejar escapar un largo suspiro antes de decir bruscamente:

—No me importa cómo sea mientras estemos juntos. Antes de marcharnos de Lania quería preguntarte si pasarías de alquilar apartamento y te vendrías a vivir conmigo, pero sabía que era demasiado pronto. Sal conmigo y pasa la noche conmigo a veces, ven a vivir conmigo cuando estés preparada, cásate conmigo cuando estés lista para hablar de eso. No importa Macy. Mientras me quieras, es suficiente.

Sin embargo, ¿realmente era suficiente? Yo no lo creía. Él no debería tener que aceptar cualquier cosa que yo le diera. Era hora de que recibiera exactamente lo que quería, y yo necesitaba que supiera que esto sería una pareja. Sonreí al pensar que hablar es fácil. Tendría que demostrárselo y Dios sabía que estaba lista para aceptar a Leo con nuevos términos que casi garantizaban que nos harían felices a ambos.

—Te echo de menos —dije sin aliento.

—¡Miau! —dijo Hunter en alta desde su asiento junto a mí.

Me reí al añadir:

—Creo que Hunter me está diciendo que él también te echa de menos.

—Solo me extraña por mis múltiples grifos de agua y tapas de inodoros abiertas ocasionalmente —bromeó Leo.

Acaricié la cabeza sedosa de Hunter.

—Todavía te debo un Ficus nuevo —bromeé.

—Ni hablar —refunfuñó él—. Creo que le gusta el que tengo.

—Si me quieres, has de querer a mi gato neurótico —dije con una carcajada.

—Créeme, cariño, lo hago —respondió Leo.

—Hablando de gatos —dije—. ¿Qué pasó en Lania?

—Todavía no tenemos todos los datos, aunque parece una población pequeña pero sana. Lo más probable es que mi recomendación sea monitorearlos y asegurarse de que los números sigan creciendo —respondió Leo.

—Me alegro mucho —respondí—. Tienen el hábitat para crecer en número.

—Sí, lo cual es raro —convino él—. Todavía estarán en estado de peligro crítico, pero al menos ya no están extintos.

—Sigue siendo la experiencia más increíble que he vivido —compartí.

—Entonces tendré que ver si puedo superarla algún día —dijo él—. Te llevaré a cualquier lugar donde quieras ir.

Yo sonreí y dije:

—Eso es bueno, ya que estoy empezando a aprender a disfrutar de otras cosas además del trabajo.

—Cuéntame —insistió.

—Acabo de pasar mi segundo día de *spa* —confesé—. En realidad creía que lo odiaría cuando fui con Kylie y Nicole, pero fue bastante relajante. Me siento como un fideo flácido cuando salgo de allí y llevo las uñas de los pies bonitas.

—¿Qué más? —instó.

—Estoy empezando a disfrutar de las compras. No me preguntes por qué. Tal vez porque tengo un empleador muy generoso que me paga lo suficientemente bien como para hacer que cada día sea un día para mejorar mi estado de ánimo. Ahora tengo todos los días de la semana cubiertos con respaldo —compartí.

Leo gimió.

—Tenías que contarme eso.

—Tú has preguntado —le recordé.

—No me importaría estar cerca para verlo —respondió—. De lo contrario, eso es cruel.

Me reí sin que me diera tiempo a evitar que el sonido saliera de mis labios.

—Los verás tarde o temprano.

—¿Prometido? —preguntó con voz ronca.

—Por supuesto —convine.

—Es bueno oírte reír, Macy —dijo.

—Tengo la sensación de que sucederá con mucha más frecuencia en el futuro —respondí, intentando asegurarle que las cosas serían diferentes.

Estaba cambiando, evolucionando. Estaba manejando mis emociones como debería haber aprendido a lidiar con ellas hacía mucho tiempo. Culparme por la forma en que llevé esa horrible tragedia en mi vida no tenía sentido. Necesitaba superar los años realmente dolorosos de alguna manera, pero ya era hora de dejar atrás algunos de esos mecanismos de defensa ilógicos.

—¡Menos mal! —dijo Leo en voz baja y ferozmente—. Si nunca vuelvo a verte llorar, sería un hombre feliz.

—Eso no lo prometo —le advertí—. Sin duda lloraré lágrimas de felicidad a veces. Kylie todavía tiene una boda en el futuro.

—Podría aguantarlo—protestó—. ¡Joder, Macy! Te juro que pasaré el resto de mi vida intentando plasmar una bonita sonrisa en tu preciosa cara.

—Todo lo que tienes que hacer es entrar en una habitación, guapo —le aseguré—. Me haces feliz, Leo. Tal vez por eso entré en pánico. Todo parecía demasiado bueno entre nosotros. A veces esperaba que aún pasara algo malo porque parecía inevitable que algo malo pasara justo cuando estaba realmente feliz. Poco a poco estoy superando esa expectativa.

—No es por impacientarme, y puedes decirme que me vaya al infierno si quieres, pero ¿cuándo te veré, cariño? —preguntó con cautela.

Yo lo pensé durante un minuto.

—¿El sábado? —pregunté yo—. Necesito ir a Newport Beach. Tengo un una taquilla de almacenamiento que necesito limpiar y tengo que hacer otra parada importante. Si crees que estarás cerca, puedo pasar por tu casa a última hora de la tarde.

—¿Qué hay de Hunter?—preguntó él—. ¿Te lo llevas? Puedes dejarlo conmigo antes de ir a Newport Beach si quieres. Estaré por aquí trabajando en un artículo.

—Trato hecho —dije felizmente—. Él preferiría estar contigo que conmigo el sábado.

—Entonces algo va fatal con ese gato —dije secamente—. Porque yo siempre preferiré estar contigo.

—Tú, asegúrate de que las tapas de tus inodoros estén cerradas —le recordé.

—Tengo muchas ganas de verte, cariño, pero ya sabes cómo soy. Tengo la costumbre de esforzarme demasiado. Si lo hago, solo dímelo —explicó en un tono sincero.

Yo sonreí.

—Te prometo que siempre te haré saber cómo me siento a partir de ahora.

Para cuando llegara el sábado, Leo Lancaster iba a entender lo harta que estaba yo de reprimirme.

CAPÍTULO 27

Macy

—LO SIENTO, MAMÁ —dije al dejar caer una rosa roja en el pequeño florero incorporado en su lápida—. Hoy no quedaban rosas azules.

Las rosas azules eran las preferidas de mi madre, pero debido a que eran teñidas y cultivadas a través de una modificación genética, eran más raras y no siempre fáciles de encontrar.

Hoy, la rosa azul no fue una opción después de ir a tres floristerías para ver si tenían alguna disponible. Las rosas rojas eran su segunda flor favorita, así que tuve que conformarme con eso.

Me senté en el césped bien cuidado y puse mi mano en el frío mármol de la lápida que compartían mis padres. La lápida de Brandon estaba justo al lado de mis padres, lo cual facilitaba a mi mente hablar con todos ellos al mismo tiempo. No había venido aquí desde que me había mudado a Palm Springs, pero hoy tenía cosas que decir.

—Quería contaros que… he conocido a alguien —dije—. No estaba segura de si podría volver a querer a alguien, pero lo hice. Lo hago. No quería, pero es tan grande, desenvuelto y hermoso que era irresistible. Papi, solías decirme que algún día aparecería un chico que vería todas mis buenas cualidades. No estoy segura de cómo sucedió en realidad, pero pasó. Sin importar lo mucho que intentara alejarlo, se pegó a mí como una lapa porque podía verme… a mí.

Levanté la mano y me limpié una lágrima que corría por mi mejilla. Venía aquí a menudo cuando vivía en Newport Beach, especialmente cuando necesitaba intentar encontrar algo de paz, pero rara vez hablaba y nunca había dicho nada sobre Leo mientras estaba aquí. Tal vez debería haberlo hecho, porque de repente, todo me parecía muy claro. Ser infeliz, solitaria y cautelosa durante el resto de mi vida no era lo que mi familia habría querido para mí. En cierto modo, estaba aquí para vivir por todos ellos, porque ellos no podían, y eso significaba ser lo más feliz posible, porque así es como todos vivíamos cuando estaban vivos.

—Creo que todos sabéis lo de Leo —murmuré—. Los sueños. Ya no lo necesito. Lo entiendo. No estoy lista para morir. Estoy aquí por una razón. Estoy aquí por él. Estoy aquí por Leo. Y él está aquí para mí. No voy a fingir que entiendo todos los pequeños matices, pero entiendo el panorama general.

Por alguna razón, Leo Lancaster me quería, y había dejado de preguntarme por qué.

Podía hacerlo feliz y estaba lista para empezar a hacer eso exactamente.

—Me he mudado a Palm Springs —les dije—. Solo estoy aquí de visita. Pasé por la vieja casa. Se ve… diferente. Los nuevos dueños la han pintado de un bonito color amarillo que creo que te habría gustado, mamá. Ahora hay otra familia allí creando recuerdos en esa casa, tal como nosotros creamos nuestros recuerdos cuando Brandon y yo éramos más jóvenes.

Había evitado pasar por la casa de mi infancia durante años, pero hoy había ido allí deliberadamente. Necesitaba demostrarme a mí misma que solo era una casa y que eran los recuerdos que vivían en mi corazón los que eran realmente importantes.

Ya lo había comprendido. Finalmente me había dado cuenta de que la casa pertenecía a otra persona y de que la había hecho suya. Pero eso no significaba que no pudiera llevarme los recuerdos felices de esa casa, cuando era nuestra, conmigo a donde quiera que fuera.

Pasé la mano sobre la piedra mientras me atragantaba:

—Os amo chicos, y siempre os extrañaré, pero sé que es hora de que vaya a vivir mi vida ahora. Ha sido muy difícil para mí no sentirme culpable por vivir mi vida cuando os habéis ido todos. Y ha sido demasiado aterrador hasta ahora amar a nadie más. Hasta que conocí a Leo. Merece la pena el riesgo y sé que una vida feliz con él es lo que todos querríais para mí.

Me detuve e inspiré hondo unas cuantas veces, mis emociones a flor de piel mientras limpiaba el río de lágrimas que corría por mi rostro.

Con cada palabra que decía, me sentía más ligera, así que seguí hablando.

—Sé que todos vosotros los habríais querido a él y a toda su familia también —dije con nostalgia.

Mi familia y la de Leo habrían tenido muy poco en común, pero sabía instintivamente que mis padres habrían adorado a la madre de Leo y que a Brandon realmente le habrían gustado todos los hermanos Lancaster.

—No podré pasar tanto por aquí porque ahora vivo en Palm Springs, pero creo que os parecerá bien. Vendré a visitaros cuando pueda —les prometí.

Leo haría viajes especiales conmigo cuando lo necesitara y yo volvería a Newport Beach para visitar el refugio de animales que había formado parte de mi vida durante tanto tiempo.

No era como si no fuera a visitar el lugar de descanso de mi familia, pero estaba lista para esforzarme más en mi futuro en lugar de pensar en las partes malas de mi pasado. Había estado sufriendo y tratando de sobrevivir al dolor emocional de mi pérdida de todas las formas posibles durante los últimos cinco años. Ya era hora de salir de ese lugar de sufrimiento mental y de entrar en mi futuro con un hombre al que amaba más de lo que jamás habría creído posible. No sabía qué me deparaba el futuro, pero tenía que ser mejor de lo que habían sido los últimos cinco años.

—Gracias por todo lo que me disteis —dije con un susurro agradecido—. Si no me hubierais querido, si no me hubierais apoyado, si no hubierais estado ahí para mí, nunca habría conocido a Leo.

Mis padres y Brandon habían estado allí durante gran parte de mi largo y arduo camino hacia la educación superior. Me ayudaron a terminar Veterinaria y celebraron mis prácticas y mi residencia. Brandon había estado allí para empujarme todos los días, ya fuera por mensaje de texto, por teléfono o en persona. Mi padre siempre había tenido las palabras sabias que necesitaba. Y mamá había sido una fortaleza que a veces necesitaba desesperadamente cuando las cosas se ponían frustrantes o difíciles.

—Lo único que quiero realmente es haceros sentir orgullosos. Por eso necesito seguir adelante —dije, con la garganta obstruida por la emoción.

De repente me sobresalté cuando sentí que algo me rozaba el dorso de la mano. Giré la cabeza, segura de que iba a encontrar un bicho feo arrastrándose por mis dedos. Me quedé helada cuando vi lo que rozaba mi piel en realidad. Una rosa azul. Un tono perfecto de azul y tan fresca como la rosa roja que acababa de dejar caer en el florero.

La recogí y miré a mi alrededor, intentando averiguar de dónde había venido. No había otras flores volando alrededor. De hecho, no había mucha brisa en absoluto. ¿Una señal? ¿Aprobación? ¿Una señal de que realmente era hora de que siguiera adelante? No para olvidar, sino para celebrar el hecho de que estaba viva y tenía derecho a mi felicidad.

En realidad, yo no creía en las señales ni en lo sobrenatural.

Hice girar la rosa entre mis dedos, recordándome que recientemente había empezado a contemplar la posibilidad de que existan las almas gemelas. Entonces, ¿por qué no podía enviarme mi familia un símbolo que me diera un poco de paz? Especialmente cuando esa puñetera rosa azul había logrado de repente que mi corazón se sintiera más liviano de lo que había estado en mucho tiempo.

Me puse en pie y sacudí mis *jeans* antes de colocar cuidadosamente la rosa azul en el jarrón al lado de la roja.

—Gracias —dije en un tono sincero y profundo.

Besé las puntas de mis dedos y los apoyé primero contra la lápida de mis padres y luego contra la de Brandon. Por primera vez en cinco años, conseguí permanecer aquí de pie con gratitud en lugar de culpa y tristeza intensa.

—Siempre os amaré a todos —les dije en voz baja justo antes de darme la vuelta y alejarme.

Llevaría los recuerdos felices en mi corazón para que una parte de cada uno de ellos viviera en mí durante el resto de mi vida. Pero ahora, tenía un hombre esperándome y la esperanza en el alma de que todavía estaba dispuesto a aceptarme. Sonreí al subir a mi auto. Estaba lista para mostrarle a Leo Lancaster que él no era el único que podía pegarse como una lapa.

CAPÍTULO 28

Leo

—¡JODER! —FARFULLÉ AIRADAMENTE a Hunter cuando estaba recostado a mi lado en mi sofá—. ¿Cuánto se tarda en limpiar una taquilla? Debería haber ido con ella.

—¡Miau!— respondió Hunter mirándome como si entendiera mi frustración. Caray, tal vez lo hiciera, porque el felino probablemente también la extrañaba.

Macy había salido temprano aquella mañana después de dejar a Hunter. Había dicho que no pasaría mucho tiempo en Newport Beach, pero ya era de noche.

«Es adulta. Puede cuidarse sola», me dije. Me resistí al instinto de enviarle un mensaje o llamarla porque sabía que estaba ocupada y no quería sonar como un capullo posesivo.

Necesitaba aprender a dejarla tranquila y a darme cuenta de que Macy era perfectamente capaz de cuidar de sí misma.

Por otra parte, ¿y si había pasado algo y su auto se había averiado en la autopista?

—Le doy cinco minutos más antes de mandarle un mensaje —le dije a Hunter con voz de advertencia.

El gato me miró como si no le importara que le enviara el mensaje en ese preciso momento.

—Vale. Estoy de acuerdo —le dije a Hunter mientras alcanzaba mi teléfono móvil sobre la mesa de café—. Nos aseguraremos de que está bien. Eso es todo.

—¡Miau! —respondió Hunter.

Probablemente podría haberle hecho más preguntas cuando dejó a Hunter, como a qué hora estaría en casa. Tal vez simplemente no había querido presionarla para que me diera una hora exacta de llegada.

Yo: «Solo estoy comprobando que estás a salvo. No estaba seguro de cuánto tiempo tardarías en terminar en Newport Beach. Házmelo saber».

—Ha sonado bastante relajado, ¿verdad? —le pregunté a Hunter—. ¿No demasiado insistente ni mandón?

Esta vez el gato no respondió. Estaba extremadamente concentrado en acicalarse la pata.

Mi cuerpo se relajó un poco cuando apareció una respuesta a mi mensaje.

Macy: «Ya estoy aquí. Estoy fuera descargando».

—¿Que está haciendo qué? —dije en voz alta con el ceño fruncido.

Corrí hacia la puerta, sin molestarme en buscar mis zapatos antes de salir.

La observé desde el umbral de la puerta, incapaz de decir una sola palabra mientras la veía ir y venir de su auto a la puerta principal cargada de cosas.

Me crucé de brazos.

—¿Qué estás haciendo exactamente? —inquirí.

Dejó caer algunas perchas vacías en la pila creciente.

—Descargando mis cosas.

—Eso ya lo veo —dije, estupefacto—. Solo me pregunto… por qué.

Anduvo de regreso al auto y llevó otra caja al porche delantero.

—Los chicos de la mudanza estarán aquí el miércoles con todas mis cosas, pero tengo todo lo importante conmigo.

—Entonces, ¿vas a guardar cosas aquí? —pregunté, confundido.

Ella dejó la caja con cuidado y finalmente se irguió cara a cara conmigo.

—Sí y no —dijo con una evasiva—. Esperaba que la oferta que querías hacerme de vivir contigo siguiera en pie.

«¿Si sigue en pie?».

—Nunca ha dejado de estarlo —dije con la voz ronca por la emoción—. Si me dices que te mudas, me harás un hombre muy feliz. Por favor, dime que ese es tu plan.

Caray, no quería adelantarme, pero no podía entender qué más podría estar haciendo.

—Me mudo aquí —dijo ella de buena gana—. Te quiero, Leo, y no veo absolutamente ningún motivo para desperdiciar ni un momento más. Prefiero estar contigo el tiempo que nos den a tener cuidado durante el resto de mi vida. Quiero nuestro futuro si tenemos uno, Leo. Si todavía me quieres. Si me quieres como yo te quiero a ti.

«¡Joder!». ¿No sabía ya que ella lo era todo para mí? Porque si todavía quedaba alguna duda en su mente, la aplastaría ahora mismo.

—Entonces, ¿decidiste sin más que lo traerías todo y verías cómo va? —pregunté, eufórico pero todavía estupefacto.

Ella asintió.

—Pensé que una vez que estuviera dentro, sería más difícil deshacerse de mí y tendría más tiempo para demostrarte que ahora estoy segura de lo que quiero.

—¿Lo estás? —pregunté mientras la arrinconaba contra uno de los grandes pilares del porche delantero.

—Mucho —dijo rotundamente—. Te quiero, Leo Lancaster. Puedes pelear conmigo si quieres, pero probablemente no te librarás. Pienso pegarme a ti como una lapa de ahora en adelante.

Planté una mano al lado de su cabeza mientras decía con voz áspera:

—¿Tienes la menor idea de cuánto me encanta escuchar esas palabras? Creo que he estado enamorado de ti desde el momento en que te encontré llorando por la pérdida de tu tigresa de Bengala lisiada.

El tierno corazón que tanto se esforzaba por ocultar me había encantado desde el principio.

—Menos mal —exhaló—. Todavía temía haber arruinado lo mejor que había encontrado en toda mi vida.

Yo sacudí la cabeza.

—No me voy a ir a ninguna parte, Macy. Yo también estoy pegado como una lapa. Ya estaríamos casados si todo hubiera ido a mi manera.

Macy me rodeó el cuello con los brazos.

—No sé por qué, pero dudo mucho que sea tan difícil de convencer.

—¡Joder! Ya me conoces, Macy. Sabes que apresuro las cosas. No deberías haberme dicho eso —dije, intentando poner freno a mis instintos.

Le pondría un maldito anillo en el dedo mañana si era eso lo que sentía.

—Estoy lista para cualquier cosa, guapo —dijo en un tono sensual—. De verdad, te amo.

Entrelacé mis dedos en su cabello mientras miraba su expresión sincera.

—Eso espero, porque ahora nunca podré dejarte ir.

—Nunca te lo pediré —susurró ella tirando de mi cabeza hacia abajo.

La besé como si fuera el primer y último beso que recibiríamos en toda nuestra vida. Su lengua se enredó con la mía, intentando decir tantas cosas con ese abrazo que no podíamos expresar con palabras. Amor. Respeto. Necesidad. Deseo. Y un apetito tremendo de estar mucho más cerca de lo que estábamos ahora mismo.

—Arriba —dije bruscamente una vez que solté su boca.

Ella levantó las piernas y me rodeó la cintura como si me necesitara tanto como yo la necesitaba a ella, lo cual yo dudaba que fuera posible. Si no le metía la verga en un minuto, no estaba seguro de poder sobrevivir a la palpitante necesidad de reivindicarla.

—No puedo esperar más —le gruñí al oído mientras la llevaba dentro y cerraba la puerta detrás de mí.

—Mis cosas —dijo ella, sonando más necesitada que preocupada.

—Después —insistí—. No es como si tuviera vecinos.

Sabía que no iba a llegar al dormitorio, así que dejé caer su precioso trasero sobre la pequeña mesa de la cocina mientras dejaba un rastro de besos por su cuello.

—Leo —gimió mientras inclinaba la cabeza hacia atrás para darme lo que yo quisiera.

Esa capitulación me desgarró el corazón porque sentí que finalmente había decidido confiarme su cuerpo y su corazón.

Nos desprendimos de la ropa en un frenético movimiento de piernas, brazos y prendas arrojadas al suelo.

—Te quiero, Macy —le dije con voz ronca mientras envolvía su cuerpo suave, curvilíneo y magníficamente desnudo con los brazos.

—Te amo, Leo Lancaster —dijo ella como si fuera su voto.

—¡Mierda! ¡El condón! —gruñí.

Ella sacudió la cabeza.

—Empecé a tomar la píldora poco después de conocernos. Estoy protegida.

—Estoy limpio, cariño —le prometí.

—Leo —dijo ella en voz baja—. Sé que nunca harías nada para hacerme daño.

—Nunca —confirmé.

Ella empuñó mi cabello con las manos cuando exigió:

—Entonces, jódeme, Leo. Ambos hemos esperado lo suficiente.

Me envolvió la cintura fuertemente con las piernas y, como yo no podía esperar ni un momento más, me metí dentro de su sexo húmedo y caliente.

—¡Joder! Qué rica estás —le dije cuando su sexo se contrajo alrededor de mi miembro desnudo.

—Ah, Dios, Leo, te amo —gimió Macy.

—Yo también te quiero, cariño —gemí, consciente de que aunque escuchara esas palabras durante el resto de mi vida, nunca me hartaría.

CAPÍTULO 29

Macy

EN CUANTO SE enterró dentro de mí, prácticamente vi las estrellas. Nuestra necesidad mutua era primitiva y feroz, pero yo no tenía miedo de esa lascivia. Era la manera en que nos amábamos el uno al otro. Era la manera en que nos necesitábamos mutuamente. Era... nosotros.

—Sí —siseé a medida que él embestía más fuerte, más profundo, y todo mi cuerpo se estremecía. Me sentía consumida y libre.

Sentía que ardía ¡y nadie podía apagar las llamas excepto Leo.

—¡Joder! Me vuelves loco, Macy —dijo Leo en un tono de barítono bajo y ronco que me atravesó.

Quise volverlo completamente loco, tal como me sentía ahora mismo.

Él agarró mis caderas y golpeó con más fuerza, más rápido, como si no pudiera acercarse lo suficiente o lo bastante profundo. Yo entendía ese deseo frenético, el anhelo, la añoranza, la sed que insistía en ser satisfecha. Ensarté las manos en su cabello y lo besé, metiendo la lengua en su boca y moviéndola al mismo ritmo que acariciaba su pene. Finalmente, con el cuerpo zumbando de un deseo desesperado, retrocedí y recosté la parte superior de mi cuerpo sobre la mesa.

Leo no disminuyó su agarre en mis caderas ni la velocidad. Era como un poseso y, desde luego, yo no iba a impedir que encontrara exactamente lo que necesitaba.

—Eres increíblemente preciosa —gruñó mientras sus ojos me devoraban—. Eres mía, Macy. Siempre lo has sido y siempre lo serás.

«¡Dios!». No había nada más *sexy* que Leo Lancaster estacando su reivindicación.

—Soy tuya —accedí—. Igual que tú eres mío. Leo, quiero… necesito…

¡Mierda! Mi orgasmo estaba justo ahí…

—Toma lo que necesites, cariño. Tócate —instó Leo.

La tentación era demasiado grande para no hacer lo que me pedía. Moví la mano por mi vientre hasta que llegué a mi sexo. No fui delicada al tocarme el clítoris con la presión y la urgencia que necesitaba para correrme.

—Eso es, nena —canturreó Leo para animarme—. Déjate llevar.

—¡Ay, Dios! ¡Leo! —grité mientras me precipitaba al abismo a toda velocidad.

El clímax me apisonó de lleno y sacudió todo mi ser. Mi sexo se contrajo salvajemente en torno a la verga de Leo, pero él siguió penetrándome con una fuerza que mantuvo mi orgasmo durante mucho más tiempo del que debería. Abrí los ojos y vi a Leo gemir mi nombre hasta alcanzar su propia eyaculación.

Durante un momento, el único sonido que nos rodeaba era nuestra respiración entrecortada mientras descendíamos de la locura.

Leo me levantó y me abrazó en gesto protector.

Yo lo rodeé con los brazos mientras él simplemente me sostenía como si nunca fuera a soltarme.

—Te quiero, nena —dijo con fiereza.

Yo apoyé la cabeza en su hombro.

—Yo también te quiero. Parece que quería decirte un millón de cosas. Ahora, estoy sin palabras. Tú me quieres. Yo te quiero. Estamos juntos. Ninguno de los otros detalles parece importar realmente en este preciso instante.

—Ahora que estamos juntos, lo demás no importa —farfulló él.

—Está el pequeño problema de que yo soy estadounidense y tú eres británico —dije, aunque sabía que ni siquiera eso era de gran importancia.

Encontraríamos una manera de resolver las cosas.

—No hay problema —respondió él—. A menos que estés totalmente en contra de pasar un tiempo en Inglaterra. Probablemente tendremos que viajar entre ambos países.

—No me importaría en absoluto a menos que a mi jefe le suponga un problema —bromeé.

—Tu jefe —dijo en un tono sensual—. Te dejaría hacer absolutamente cualquier cosa que te hiciera feliz.

—Me haces feliz, Leo —le dije.

—Entonces encontraremos la manera de estar juntos la mayor parte del tiempo, ya que sé que seré un completo imbécil si no estoy contigo —me informó—. Estar lejos de ti todas estas semanas excepto por el trabajo me volvió medio loco. Te garantizo que no estaré bien si tenemos que pasar largos períodos de tiempo separados.

—Yo tampoco quiero eso —le dije—. Prefiero estar juntos, por eso dejo mi apartamento. No tiene sentido estar separados cuando vivimos en la misma zona.

—Estoy completamente de acuerdo. ¿Echas de menos Newport Beach? —preguntó—. Podría comprar…

—No —respondí—. Ya no necesito casa allí, Leo. Podemos ir de visita, pero mi futuro está contigo, donde necesitemos o queramos estar. Ya sea en Inglaterra o aquí en Palm Springs. No me quejaría si quisieras tomarte unas verdaderas vacaciones de vez en cuando sin trabajo de por medio. Hay muchos lugares que me gustaría ver y cosas que me gustaría hacer contigo.

—Haremos tiempo —dijo Leo con firmeza.

—Me inspiras a querer hacer algo más que trabajar —le provoqué—. Supongo que solo estaba esperándote para que pudiéramos descubrir cosas nuevas juntos.

—Creo que siempre he estado esperándote —dijo Leo solemnemente—. Una vez que Damian encontró a Nicole, tal vez eso provocó la posibilidad de que pudiera haber alguien para mí. No puedo decir que no adoro mi trabajo, pero en realidad era una existencia solitaria. Faltaba algo, pero rápidamente descubrí que cualquier mujer no llenaría ese vacío. Tenías que ser tú, y te tomaste tu tiempo para aparecer por fin.

—¿Qué te hizo estar tan seguro de que esa mujer era yo? —Levanté la cabeza para mirarlo a sus hermosos ojos.

—La conexión de locura que tenemos, la química intensa. Nunca me había sentido así con otra mujer, Macy. Sabía que no sucedía todos los días. Cierto, creía que Damian estaba loco por todas las locuras que hizo para intentar ganarse el corazón de Nicole, pero lo entendí una vez que te conocí. No había mucho que no estuviera dispuesto a hacer si eso significaba que terminaríamos juntos al final.

—Lamento haber hecho las cosas más difíciles de lo que deberían haber sido para nosotros —musité hundiendo el rostro en su cuello—. De hecho, pensaba que eras el hombre más *sexy* que había visto desde el día en el que empecé a ver tus documentales. Sabía quién eras mucho antes de que me descubrieras. Pensaba que eras guapísimo y absolutamente intrépido.

—¿Me vas a decir que sentiste esa conexión al ver esos documentales horribles? —preguntó en tono jocoso.

—No —dije alargando la palabra—. Pero es posible que tuviera un flechazo por el culto al héroe durante un tiempo. No sabía entonces que algún día tendría la oportunidad de conocerte en persona. ¿Nunca notaste lo muda que me quedaba cuando nos conocimos en la boda?

—En absoluto —dijo él en voz baja—. Estaba demasiado ocupado intentando controlar mi fascinación por ti.

—Estás loco —farfullé contra su piel desnuda—. ¿Todas las mujeres de la boda te comían con los ojos y decidiste concentrarte en mí?

—No me di cuenta de sus miradas, ni me importaban —respondió de buen humor.

Pensé en eso durante un momento y al instante estaba convencida de que era verdad. Leo no se daba cuenta cuando los ojos de todas las mujeres de la zona estaban puestos en él.

El chico no tenía ni un pelo de vanidoso en el cuerpo, lo que probablemente era algo bueno, ya que era físicamente perfecto.

Me acarició el cabello y preguntó:

—¿Cuánto tiempo vas a hacerme esperar para casarte conmigo?

Levanté la cabeza y lo miré mientras decía:

—No recuerdo que me hayas preguntado si quería casarme contigo, pero si lo haces, aquí tienes una novedad: voy a decir que sí.

No había razón para que le dijera a Leo nada más que la verdad. Quería estar con él durante el resto de mi vida.

Tomó mi cabeza entre las manos y me miró a los ojos al preguntarme:

—¿Te casas conmigo, Macy?

El corazón me dio un vuelco al ver la vulnerabilidad sin procesar en su rostro.

—Ya sabes que sí.

—Iremos a buscarte un anillo mañana —dijo con una sonrisa.

—No tengo mucha prisa para eso —le informé.

—Yo, sí —insistió él—. No es oficial sin un anillo y quiero ver mi anillo en tu dedo.

¿En serio? ¿Como si tuviera que preocuparse de que algún otro chico me robara? Ya, ni en broma.

—Tengo que ser sincera —le dije—. La mera idea de una gran boda como la de Nicole me da urticaria.

—Entonces haremos algo diferente —dijo él despreocupadamente—. Las Vegas. Un juzgado. Un servicio muy pequeño. No me importa, Macy.

—Creo que a tu familia le importaría —dije con voz exasperada—. Estoy segura de que tu madre esperará que haya algo parecido a la boda de Nic.

—Lo dudo —dijo secamente—. Me conoce. No les doy mucha importancia a las expectativas de la sociedad. Mamá sería feliz con verme casado. Toma mi palabra en cuanto a eso. No creo que pensara que sucedería algún día.

—Pero ¿y si no lo es...?

—Cariño —me interrumpió—. Esta boda no se trata de mi familia o amigos. Se trata de nosotros. Tú eres la novia, puedes tener lo que quieras.

—Déjame pensarlo —le dije.

Lo último que quería era enfadar a nadie, pero si me saliera con la mía, nos casaríamos sin mucho alboroto.

—Tómate tu tiempo y no dejes que te afecte la insistencia de mamá por los nietos —me aconsejó.

—¿Niños? —pregunté con un gritito—. ¿Quieres tener hijos? Tengo treinta y tres años, Leo.

—Y tienes tiempo de sobra para pensar en eso —añadió en voz baja mientras me levantaba, obligándome a envolverle la cintura fuertemente con las piernas.

—¿Qué estás haciendo? —grité felizmente cuando empezó a llevarme hacia el dormitorio.

—Creo que es hora de distraerse un poco —insistió dejándome caer suavemente sobre su cama.

Las luces del dormitorio estaban encendidas, lo cual me facilitó comerme con los ojos su cuerpo que hacía la boca agua. El corazón me dio un vuelco cuando Leo descendió sobre mí.

—Tendremos que hablar de niños tarde o temprano —dije, ya distraída.

Nuestros ojos se encontraron cuando dijo con calma:

—Podemos tener hijos… o no. Estoy bien de cualquier manera, Macy. Te tengo a ti y eso es lo único que importa realmente. Para ser franco, me gustaría centrarme en nosotros durante una temporada.

Yo quería lo mismo. Ir paso a paso. Me abracé a su cuello.

—¿Y de qué te gustaría hablar en este momento exactamente?

Él sonrió de oreja a oreja.

—Creo que prefiero enseñarte cuánto te he echado de menos durante las últimas semanas. ¿Hay algo que hayas traído contigo que no pueda aguantar fuera las próximas horas?

Yo le devolví una sonrisa y suspiré. Era imposible que rechazase aquel tipo de distracción. Las cosas que había dejado fuera aguantarían bien unas horas.

—Podemos recogerlo más tarde. Enséñamelo, Leo —insistí.

Había amanecido antes de que por fin lleváramos mis cosas adentro y para entonces, yo estaba tan distraída que no estaba preocupado por nada en absoluto.

EPÍLOGO

Macy

Dos años después…

—¡QUÉ ADORABLE! —LE dije a Nicole mientras le devolvía a regañadientes a su hijo recién nacido.

Leo y yo nos apresuramos a acudir a Londres en cuanto nos enteramos de que Ethan Charles Lancaster estaba listo para hacer su entrada en el mundo.

Kylie y Dylan ya habían estado en Londres y todos habíamos esperado con impaciencia en el hospital hasta que supimos que tanto la madre como el hijo estaban sanos y salvos. Nos estábamos quedando con Kylie y Dylan para poder estar en Londres, pero habíamos comprado una casa más cerca del centro de conservación para estar cómodos cuando estuviéramos en el Reino Unido.

Era el final perfecto para dos años absolutamente increíbles formando parte de la familia Lancaster.

Con la ayuda de Bella, Leo y yo nos casamos en una pequeña ceremonia en su finca solo unas semanas después de que Leo me pidiera que fuera su esposa.

Dylan y Kylie se habían casado poco más de un mes después en una boda más grande que se había celebrado en Londres.

Veíamos a Kylie y Dylan un poco más a menudo que a Damian y Nicole porque el primero viajaba a Estados Unidos por el negocio de Kylie, pero todos nos reuníamos tan a menudo como podíamos. Hacía falta un poco de planificación, pero no era precisamente difícil subirse a un avión privado y cruzar el charco para ver a mis mejores amigas.

Pronto descubrí que la enorme riqueza de Leo hacía posible casi todo, y él nunca vacilaba en usar ese dinero para llevarnos a lugares que pudiéramos explorar juntos. En su mayor parte, Leo se mantenía al margen del trabajo de campo y se concentraba en el importante trabajo que tenía que hacer en sus centros de conservación. Sin embargo, habíamos hecho algunas exploraciones juntos y cada descubrimiento ocupaba un lugar especial en mi corazón. Trabajábamos duro en ambos centros de conservación, pero nunca nos olvidábamos de asegurarnos de cuidar el uno del otro y de nuestra relación.

—Dos meses más y veremos a otro Lancaster recién nacido —le dijo Leo a Dylan mientras todos permanecíamos sentados en el salón mientras Nicole iba a dar de comer a su hijo.

El rostro de Dylan se puso pálido cuando miró a su esposa embarazada a su lado. Kylie esperaba dar a luz a su niña en unas ocho semanas más.

—No estoy seguro de querer ver a Kylie con semejante dolor —dijo Dylan, sonando un poco nervioso.

—No estoy seguro de que tengas otra opción en el asunto —le informó Leo.

—No llevaré a esta niña más tiempo del necesario —dijo Kylie categóricamente—. Ya estoy harta de la rutina de gimnasia que está intentando hacer en mi barriga. No tengo miedo al dolor del parto. Una vez que termine, tendré a mi hija.

Dylan atrajo a su esposa a su lado mientras estaban sentados juntos en el sofá.

—Creo que un niño es suficiente —farfulló—. Tendrá a su primo Ethan para jugar.

—Estoy de acuerdo —dijo Damian desde su silla.

—¿Nic tiene opinión en esa decisión? —Kylie preguntó con una carcajada.

—Por supuesto —dijo Damian—. Así que supongo que tendré que ser persuasivo en mi argumento a favor de un hijo único.

—Los primos son tan buenos como tener un hermano —comentó Dylan.

Kylie sonrió.

—Quizás me incline por estar de acuerdo contigo.

—Yo siempre votaría por más —dijo Bella alegremente desde su silla.

Damian levantó una ceja.

—¿En serio, mamá? Ya vas a tener dos en unos pocos meses.

—No me quejo —aclaró—. Simplemente, creo que siempre hay espacio para más.

Me incliné hacia Leo, sentados el uno al lado del otro en el sofá de dos plazas y le dije en voz baja:

—Tal vez tenga otro.

No se lo habíamos dicho a nadie, pero había dejado de usar anticonceptivos el mes anterior. Leo y yo habíamos decidido que queríamos un hijo y esperábamos que finalmente se cumpliera nuestro deseo. Si no sucedía, ninguno de los dos se quedaría completamente devastado porque estábamos felices de tenernos el uno al otro, pero ambos teníamos esperanzas.

Leo me acercó más y me dio un suave beso en la frente mientras decía en voz baja:

—Estoy más que encantado de seguir haciendo todo lo posible para que suceda.

—Estoy segura de que lo harás —le dije riéndome.

Nuestras miradas se encontraron y mi corazón dio un vuelco porque sabía exactamente lo mucho que Leo estaba dispuesto a intentarlo. De hecho, nunca perdía la oportunidad. Si el esfuerzo fuera un factor, no me sorprendería que ya estuviera embarazada. Me recosté contra Leo y dejé escapar un suspiro de satisfacción. Mi vida ya era plena simplemente porque formaba parte de esta familia tan unida. Todos los demás siguieron bromeando entre ellos mientras Leo preguntaba:

—¿A qué se debía ese gran suspiro? ¿Estás bien, cariño?

Ese era Leo. Siempre observándome. Siempre asegurándose de que estaba bien.

—Estoy bien —le aseguré.

De vez en cuando, aún tenía momentos surrealistas como este cuando me preguntaba cómo había tenido la suerte de tener un hombre como Leo y una familia como la que me rodeaba ahora.

La diferencia era que ya no estaba esperando a que pasara algo malo.

No estaba esperando que sucediera lo peor.

Estaba disfrutando de cada momento porque sabía exactamente lo buena que era mi vida ahora.

—Estás sonriendo. ¿En qué estás pensando? —me dijo Leo en voz baja al oído.

Me volví hacia él y mi sonrisa se amplió cuando mi mente pasó a un tema mucho más ardiente.

—En ti, en nuestra familia y en hacer bebés —lo provoqué.

Él sonrió de oreja a oreja.

—Lo último es lo más interesante, sin duda.

Le rodeé el cuello con los brazos al susurrar:

—Entonces tendremos que explorar el tema más a fondo un poco más tarde. Te amo, Leo.

—Te quiero, Macy —dijo él en voz baja y ronca justo antes de besarme.

Su abrazo fue breve, pero la intensidad en sus ojos me dijo todo lo que necesitaba saber. Me amaba. Me necesitaba. Y sin duda haríamos un intento o dos o tres de tener un bebé lo antes posible. Mi sonrisa se hizo un poco más amplia y sostuve su mirada un poco más para que mi esposo supiera que yo sabía exactamente lo que estaba pensando.

—Más tarde —dijo en un barítono grave y sexy.

Casi sin aliento por la anticipación, dije:

—No mucho más tarde, espero. Hice unas compritas en Londres para mejorar mi estado de ánimo con unas braguitas. Creo que te gustarán las que llevo.

—Nena, eso es cruel —dijo con un gemido bajo—. Te haré pagar por esta.

—Estoy impaciente —le susurré, a sabiendas de que solo me haría pagar de la manera más placentera, y de que disfrutaría cada momento en cuanto pudiera arrastrarme discretamente a un dormitorio.

Lo hizo. Y yo, también. Y fue absolutamente sublime.

~FIN~

BIOGRAFÍA

J. S. Scott, "Jan", es una autora superventas de novela romántica según *New York Times*, *USA Today*, y *Wall Street Journal*. Es una lectora ávida de todo tipo de libros y literatura, pero la literatura romántica siempre ha sido su género preferido. Jan escribe lo que le encanta leer, autora tanto de romances contemporáneos como paranormales. Casi siempre son novelas eróticas, generalmente incluyen un macho alfa y un final feliz; ¡parece incapaz de escribirlas de ninguna otra manera! Jan vive en las bonitas Montañas Rocosas con su esposo y sus dos pastores alemanes, muy mimados, y le encanta conectar con sus lectores.

VISITA MI SITIO DE INTERNET:

http://www.authorjsscott.com
http://www.facebook.com/authorjsscott
https://www.facebook.com/JS-Scott-Hola-844421068947883/
Me puedes escribir a:
jsscott_author@hotmail.com

También puedes mandar un Tweet:
@AuthorJSScott
Twitter Español:
@JSScott_Hola

Instagram:
https://www.instagram.com/authorj.s.scott/
Instagram Español:
https://www.instagram.com/j.s.scott.hola/

Goodreads:
https://www.goodreads.com/author/show/2777016.J_S_Scott
Recibe todas las novedades de nuevos lanzamientos, rebajas, sorteos, inscribiéndote a nuestra hoja informativa.

Visita mi página de Amazon España y Estados Unidos, donde podrás conseguir todos mis libros traducidos hasta el momento.

Estados Unidos:

https://www.amazon.es/J.S.-Scott/e/B007YUACRA

España: https://www.amazon.es/J.S.-Scott/e/B007YUACRA

OTROS LIBROS DE J. S. SCOTT

Serie La Obsesión del Multimillonario:

La Obsesión del Multimillonario ~ Simon (Libro 1)

La colección completa en estuche:

Mía Por Esta Noche. Mía Por Ahora. Mía Para Siempre. Mía Por Completo

Corazón de Multimillonario ~ Sam (Libro 2)

La Salvación Del Multimillonario ~ Max (Libro 3)

El juego del multimillonario ~ Kade (Libro 4)

La Obsesión del Multimillonario ~ Travis (Libro 5)

Multimillonario Desenmascarado ~ Jason (Libro 6)

Multimillonario Indómito ~ Tate (Libro 7)

Multimillonaria Libre ~ Chloe (Libro 8)

Multimillonario Intrépido ~ Zane (Libro 9)

Multimillonario Desconocido ~ Blake (Libro 10)

Multimillonario Descubierto ~ Marcus (Libro 11)

Multimillonario Rechazado ~ Jett (Libro 12)

Multimillonario y Soltero ~ Zeke (Libro 12,5)

Multimillonario Incontestado ~ Carter (Libro 13)

Multimillonario Inalcanzable ~ Mason (Libro 14)

Multimillonario Encubierto ~ Hudson (Libro 15)

Multimillonario Inesperado ~ Jax (Libro 16)

Serie de Los Hermanos Walker:
¡DESAHOGO! ~ Trace (Libro 1)
¡VIVIDOR! ~ Sebastian (Libro 2)
¡DAÑADO! ~ Dane (Libro 3)

Serie Multimillonarios por Casualidad
Entrampada

Serie Multimillonarios Británicos
Dí que Serás Mía
Di que Seré Tuyo
Di que Es para Siempre

www.ingramcontent.com/pod-product-compliance
Lightning Source LLC
LaVergne TN
LVHW041158150826
845673LV00001B/209

* 9 7 9 8 8 4 6 1 2 1 4 6 1 *